too better thinking

두 배로 씽킹

too better thinking

두 배로 씽킹

이예지 지음

돌산 **더 로드**
The Road Books

오로지 푹 쉬고 싶다는 신념 하나로 쌍둥이를 동자승으로 단기 출가시켰던 지난여름, 23일 동안 아이들을 그리워하면서 깨달은 바가 있다. 1분 차이로 운명이 갈린 두 아들은 완벽하게 다른 사람이라는 사실을, 이 둘은 엄마의 몸을 동시에 빌려 쓴 자궁 동기일 뿐 그 외에는 어떠한 것도 같은 게 없다는 사실을, 머리로는 알고 있었지만 기어이 인정하지 않았던 육아의 진리를 출산 6년 만에 드디어 깨달았다. 큰 아이는 매우, 상당히, 아주 감성적인 사랑둥이이고, 둘째 아이는 초초초초초초초초 자유로운 영혼이라는 것을 이제는 확실하게 안다.

그동안 나는 왜 두 아이의 다름을 인정하지 않았던 걸까. 그동안 나는 왜 편협한 사고에 갇혀 이토록 다른 두 아이를 같은 아이로 키웠던 걸까. 쌍둥이가 다른 인격의 소유자라는 사실을 인정하고 난 후의 내 삶은 완전히 바뀌었다. 두 배로 바빠졌고, 두 배로 힘들어졌다. 오해는 금지다. 기쁨은 두 배 이상이니까. 하하.

기자로 살 때의 나는 어땠을까. 돌이켜 보면 나는 내가 취재하는 것만 보고 듣고 느꼈었다. 그게 전부인 줄 알았고, 그게 진실인 줄 알았다. 아무것도 보이지 않았고, 들리지 않았다. 당연히 다른 것을 느낄 생각조차 하지 않았다. 그때의 나는 꽤나 깊은 우물 안 개구리였다. 아니 인터넷이라는 세상 속에서 허우적거리는 자존감만 높은 기자였다.

쌍둥이를 키워야 했기에 노트북을 접고 유모차를 끌면서 넓은 세상이 보였다. 나보다 똑똑한 사람은 많고, 나보다 잘난 사람은 더 많다는 걸 그제야 알았다. 비좁은 한 칸 책상에서 눈에 불을 켜고 노트북을 두드렸던 그때의 나는 이 세상에 얼마나 많은 이야기가 있는지를 몰랐다.

이처럼 사고방식은 사람의 인생을 바꾼다. 편협한 사고는 좁고 긴 터널을 낑낑거리며 지나는 것과 같다. 살같이 벗겨질 것이고,

숨이 막힐 것이고, 온몸은 땀으로 젖을 것이다. 편협한 시각으로 보기보다는 보편적인 시각을 갖는 게 나을 것이다. 비관적인 사고는 사람을 죽음으로 몰고 간다. 늘 화가 날 것이고, 삶은 불만으로 쌓일 것이다. 비관적으로 사고하기보다 비판적으로, 비평적으로 사고하는 연습이 필요하다.

다시 말해 더 좋은 아이디어, 더 좋은 방법을 떠올리는 것은 사실 그렇게 어렵지 않다. 조금만 생각을 바꾸면 나도, 남도 편해진다. 그런데 그 조금이 그렇게 어렵다.

물건은 마음만 먹으면 새것으로 바꿀 수 있지만 생각이 고루해지고 틀에 박히기 시작하면 바꾸기가 힘들다. 오래되고 낡은 관념에 갇혀있는 사람도 마찬가지다. 그래서 다양하게 생각하려는 연습이 필요하다. 가능하다면 하루라도 빨리 하는 게 낫지 않을까. 정형화된 틀에서 벗어나 용감하게 실천에 옮기면 더 많은 가능성이 열릴 것이다.

능력과 열의보다 중요한 게 바로 사고방식이다. 긍정적인 사람은 긍정적인 삶을 살고, 비판적인 사람은 비판적인 삶을 산다. 쌍둥이는 얼굴도, 생각도 같을 것이라 여겼던 내가 다른 아들을 똑

같이 키웠던 것처럼 말이다. 그렇다면 지금 이 글을 읽는 당신은 과연 어떤 삶을 살 것인가? 바라건대 부디 건강한 선택을 하길 바란다.

이것이 내가 이 책을 쓰기로 결심한 이유다. 좋은 생각으로 삶을 채우려는 노력, 멋진 아이디어로 회사에서 인정받으려는 욕심, 건강한 사고방식으로 가정을 건강하게 유지하려는 바람…. 쉬워 보이지만 어느 것 하나 쉬운 게 없다. 이 책은 어떻게 하면 조금이라도 더 편하게 생각할 수 있을까 싶은 고민에서 출발했다.

〈too better thinking (두배로 씽킹)〉에서는 지난 13년의 기자생활 동안 터득한 다양한 사고의 방식을 소개한다. 창의적으로 사고하는 방법을 통해 머릿속에 머무는 아이디어를 형상화하고, 거시적으로 생각하는 방법을 통해 인생의 큰 그림을 그릴 수 있다. 비상식적으로 생각하기, 구조적으로 생각하기, 긍정적으로 생각하기 연습을 통해 삶을 더 나은 생각으로 채울 수 있을 것이다.

생각은 자유다. 어떤 생각을 어떻게 하는지가 중요하다. 복잡한 세상, 하루가 다르게 변하는 세상, 지긋지긋한 이 세상에서 살아남으려면 정신을 똑바로 차리는 수밖에 없다. 두 배 더 좋은 생각,

두 배 더 나은 생각으로 사고해야만 한다. 현대인이라면 꼭 알아
야 할 '똑똑하게 사고하는 방법'을 소개한다.

contents

Part 1

창의적으로 생각하기

Part 1

창의적으로 생각하기

세계적 심리학자 미하이 칙센트미하이는 인류 진보적 측면에서 창의성의 역할을 강조해 왔다. 그는 창의성이 인류 문화가 발전해 나가는데 있어서 가장 중요한 원동력이라고 주장했다. 칙센트미하이의 주장처럼 인류 진보와 사회의 혁신적인 개발에 있어서 창의성은 필수적인 에너지원이다. 인간의 창의성이 사회를 위해 어떻게 수행되고 얼마나 질 높게 다뤄지냐에 따라 미래 인류의 진보가 결정된다고 해도 과언이 아니다. 그만큼 아이디어가 중요하다.

창의성은 단순히 새로운 아이디어를 생각해내는 것 이상의 의미를 갖는다. 그것은 문제를 해결하고, 새로운 방법으로 사물을 바라보며, 기존의 것들을 새롭게 결합하여 무언가 독특하고 가치 있는 것을 창조해내는 과정이다. 창의성은 인간이 직면한 도전과 문제에 대한 해결책을 제공하며, 이는 곧 사회적, 경제적, 문화적 발전으로 이어지기도 한다. 다시 말해 인류가 새로운 기술을 개발하고, 예술적 표현을 통해 감정을 전달하며, 과학적 발견을 통해 우리의 이해를 넓히는 데 필수적인 역할을 하는 역량이야 말로 창의력이다.

창의력을 발휘하기 위해서는 새로운 경험에 대한 호기심과 탐구, 다양한 관점을 수용하는 유연성이 중요하다. 또한, 창의적인 사고를 촉진하기 위해 다양한 분야의 지식을 탐구하고, 다른 사람들과 아이디어를 공유하며 협력하는 것도 중요하다. 창의성은 혼자서만 발휘되는 것이 아니라, 다른 사람들과의 상호작용 속에서 더욱 빛을 발한다.

세상에 아이디어가 없는 사람은 없다. 자기가 갖고 태어난 창의력을 발휘하지 못할 뿐이다. 어떻게 하면 꼭꼭 숨은 내 안의 아이디어를 끄집어낼 수 있을까. 나이가 많다고, 너무 늦었다고 비관하지 말자. 이제부터 시작하면 된다. 어차피 우리는 창의적이니까.

창의력 테스트

1 물은 물인데 마실 수 없는 물은?

_____

2 오리는 오린데 물속에 사는 오리는?

_____

3 이 그림이 무엇으로 보이나요?

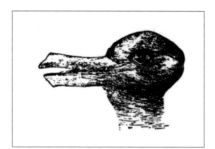

_____

4 아홉 개의 점이 있다.

연필을 떼지 않고 네 개의 선으로 연결하라.

(tvN 〈문제적 남자〉에 방영된 문제)

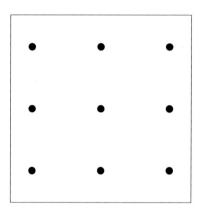

5 아홉 개의 점이 있다.

연필을 떼지 않고 한 개의 선으로 연결하라.

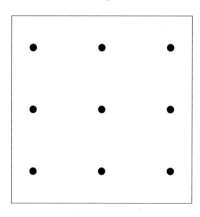

정답은 맨 뒤에

추석 고속도로가 꽉 막히는 이유

aka. 우리가 창의적이지 못한 이유

2023년, 추석과 개천절 사이에 대체 휴무가 더해지면서 앞뒤로 4일만 휴가를 내면 열흘이 넘도록 쉴 수 있는 일명 '황금연휴'가 탄생했다. 환호하는 직장인과 그렇지 못한 육아맘들의 목소리를 모두 듣고 있자 하니, 냉탕과 온탕을 오간 듯 춥다가 덥다.

그나저나, 긴 연휴 덕분에 남편의 가족을 만나러 가는 길을 두고 눈치 싸움을 안 해도 되겠다 싶었다. 노는 날이 많으니까, 시간적으로 여유가 있으니까, 사람들은 아마도 천천히 출발했다가 늦게 돌아가겠지? 두 아들을, 아니 세 아들을 이고 메고 내려가느라 진땀을 흘리지 않아도 되겠다 싶어 마음이 놓였달까.

그런데 웬걸, 걱정 좀 할 걸 그랬나.

연휴 첫날, 새벽 4시. 아직 꿈나라를 여행 중인 두 아들을 들쳐 맨 채, 반쯤 감긴 눈을 비비며 우리는 출발했다. 서울에서 대전까지, 꼬박 7시간이 걸렸다. 도쿄에서 라면 두 그릇을 먹고, 돈키호테를 털고 와도 남을 황금 같은 시간을, 우리는 도로 위에서 갇힌 채로 보냈다. 하… 대한민국의 수많은 사람들이 나와 같은 생각을 했다는 사실에 한숨이 나왔다. '연휴니까', '시간이 많으니까', '새벽에 출발하면 괜찮을 거야'라는 생각이 모두를 같은 시간에 도로로 이끈 것이다.

왜 사람들은 이토록 비슷하게 생각하고 살까? 그것도 짠 것처럼, 누가 시키기라도 한 것처럼, 마치 '새벽 4시 출동' 지령이라도 받은 사람들처럼 말이다. 7시간이라는 긴 시간 동안 차 안에서 시달린 끝에 도착한 시댁에서, 나는 다시 '언제 돌아가야 하나'를 고민하기 시작했다. 절대 같은 실수를 반복하고 싶지 않았으니까.

이 같은 현상은 다양한 관점으로 해석할 수 있다. 인간은 본질적으로 사회적인 존재이며 그래서 복잡한 상호작용과 아이디어를 교환하고 살아간다. 그래서 다양한 배경과 경험과 문화를 가졌음에도 비슷하게 생각하고 말하며 행동한다. 개인적으로 나는 이러한 사회 현상 덕분에 심리학, 사회학, 인지과학 분야가 발달할 수 있었다고 믿는다.

진화 심리학에서는 인간이 공통적인 인지 특성과 능력을 공유하기 때문에 서로 유사하게 생각하는 것으로 보고 있다. 실제로 강의 중 눈만 그려진 사진을 보고 그 사람의 감정을 읽어보라고 했더니 대다수의 사람들이 비슷한 의견을 내놓았었는데, 이 같은 결과도 같은 맥락일 것이다. 사람들 사이에서 공유된 인지 특성은 조상들로부터 대대손손 전해 내려온 유사성이라 할 수 있다. 그래서 우리 조상들은 반복되는 문제를 비슷한 방법으로 해결해왔다.

진화 심리학의 관점에서 볼 때, '같은 생각을 하는 이유'는 바로 이러한 인지적 유사성 때문이다. 사람들이 '같은 생각을 하는 이유'를 설명할 수 있는 가장 적합한 이론이라는 의미다. 사회화 과정을 통해 개인은 자신이 속한 사회의 규범, 가치, 인지 프레임워크를 배우게 되며, 이 과정은 공유된 사고방식의 형성에 기여한다. 예를 들어, 둥근 산을 보고 자란 사람들은 산이 둥글다고 말할 것이고, 초록빛 바다를 보고 자란 사람들은 바다가 초록색이라고 말할 것이다. 이처럼 우리의 생각과 인식은 우리가 경험한 환경과 사회적 학습에 의해 크게 영향을 받는다.

이러한 인지적 유사성은 진화 심리학이 제시하는 중요한 개념 중 하나다. 인간의 마음이 진화적으로 어떻게 형성되었는지를 연구하는 이 학문은, 인간의 다양한 심리적 기제가 어떤 근원을 가지는지 탐구한다. 진화생물학, 신경과학, 인지주의 심리학 등의 발달을 바탕으로 형성된 진화 심리학은, 인간의 행동과 사고방식이 어떻게 진화의 결과로 나타나는지를 설명하려고 한다. 이를 통해 우리는 인간이 왜 비슷한 방식으로 생각하고 행동하는지, 그리고 우리의 사고방식이 어떻게 우리의 조상들로부터 전해져 내려오게 되었는지에 대한 이해를 높일 수 있다.

결국 진화 심리학은 인간의 공통된 인지적 특성과 그것이 어떻게 우리의 생각과 행동에 영향을 미치는지를 탐구함으로써, 우리가 왜 유사하게 생각하고 행동하는지를 설명한다. 사회화 과정과 함께, 이러한 인지적 유사성은 우리가 세상을 인식하고 해석하는 방식에 깊은 영향을 미치며, 우리의 문화와 사회 내에서 공유된 사고방식의 형성에 기여한다.

그러니까, 비슷한 배경을 가진 사람들은 비슷하게 생각한다는 말인데, 크게 보면 우리는 대한민국이라는 좁은 땅덩이에서 지지고 볶으며 살고 있지 않나. 같은 말을 쓰는 우리가 비슷하게 생각하고 행동하는 건 어쩌면 당연하다.

이렇게 오래된 경험의 축적에 의해 만들어진 고정된 사고를 스키마라고 한다. 이 스키마는 우리가 정보를 처리하고 세계를 이해하는 방식에 아주 강력한 영향을 미친다. '연휴가 길면 시간이 많아진 사람들이 천천히 이동할 것'이라는 고정된 스키마가 나를 새벽 4시에 깨운 것이다.

그렇다면 남과 조금은 다르게 생각할 수 있는 방법은 없는 걸까. 왜 없겠나. 많은 학자들이 수세기를 거쳐 공유하고 연구한 바에 따르면 우리는 충분히 남과 다르게 생각할 수 있는 동물이다. 스키마 안에 갇혀있지 않고, 다양한 관점에서 풍부하게 교류할 수 있는 능력을 가지고 태어났다. 그러니까 트렌드가 빠르게 변화하고, 산업이 극단적으로 진화하는 것 아닐까.

다르게 생각한다는 것은 '내가 생각하는 게 전부가 아닐 수 있다'는 걸 인정하는 것부터 시작된다. 인간은 아주 다양한 문화와 사회적 배경에서 생활하는 동물이며, 어떤 환경에서 자라고 생활

했는지에 따라 나오는 다르게 생각할 수 있다는 것을 알아차려야만 남과 다른 생각을 할 수 있는 길이 열린다.

이는 '내가 생각하는 걸 남도 생각할 수 있다'는 걸 암시하는 바이기도 하다. '이건 나만 아는 거야!'라고 단정하기에 사람들은 비슷한 스키마 속에 살고 있다. 그러니까 우리는 끊임없이 남과 다르게 생각하는 방법을 연습해야 한다. 지금부터 당장!

먼저, 다른 문화와 소통하고 다른 문화의 인식, 믿음 및 가치관을 이해하는 데 관심을 기울이면, 인간의 사고 및 판단이 어떻게 문화에 의해 형성되는지에 대한 통찰력을 얻을 수 있다. 다른 언어를 배우고 문화 간에 언어적 차이를 발견하는 것도 좋다. 언어가 다른 사람끼리의 스키마는 당연히 다를 것이고, 생각하는 게 다르니까 그에 따른 결과도 다를 것이다. 다른 나라의 언어를 배워보자. 이 나이 먹고 웬 언어냐고? 어렵다면 공부하는 척이라도 해보자.

다른 문화와의 국제 협력 프로젝트나 문화 교류 프로그램에 참여하여 다른 문화와의 접촉을 증가시키는 것도 추천하는 방법이다. 이러한 경험을 통해 다른 사람들의 관점을 이해하고 자신의 사고를 확장할 수 있기 때문이다. 아직 젊다면 '워킹홀리데이'나 '코이카'에 지원하라고 권한다. 다른 세계의 문화를 접한 사람과 그렇지 못한 사람의 스키마는 완전히 다를 것이다.

실제로 그렇다. 나와의 긴 토의 끝에 호주로 워킹홀리데이를 떠났던 후배가 있다. 나보다 한 살 어리고, 나와는 반대로 상냥한 말투와 여성스러운 매무새 덕분에 남자들에게 늘 인기가 많았던 '부러웠던' 그 후배는 호주에서 약 2년 여의 생활 끝에 한국으로 돌아왔다. 2년 만에 다시 만난 후배의 표정을 잊을 수 없다. 외국물을 먹고 온 탓에 우리나라 특유의 관념에 신물을 느낀다던 그 후배는 '구역질 난다'고 험하게 표현했다. 여성스러움의 대명사였던 후배의 입에서 구역질이라니. 꽤나 강렬한 기억이다.

그렇게 그녀는 더 큰 세계에서 다양한 이야기와 부대끼며 살고 싶다는 말을 남긴 채 아예 우리나라를 떠났다. 이제는 연락이 끊겨버린 후배는 어떤 모습으로 살고 있을까. 얼마나 특별한 삶을 살겠느냐만은 확실한 건 대한민국 여성 특유의 스키마에서는 해방되었을 것이다.

추석 연휴 떠났던 귀경길에서 파생된 '남과 다르게 생각하기'는 결국 스키마 이론을 지나 국제 교류까지 갔다. 뻔한 말처럼 들릴지도 모르겠다. 그런데 우리는 이 뻔한 걸 실천하고 있지 않다. 아는 것보다 중요한 건 하는 것이다.

　그래서 돌아오는 길은 어떻게 되었냐고? 시댁에서 우리집까지, 대전에서 서울까지 7시간 30분 걸렸다. 하… 결국 나도 남과 다르지 않다.

발명가가 아니면 어때?

창의적이기만 하면 되지

기자로서 열정이 뿜뿜이었을 때다. 누가 뭐라 해도 들리지 않았던 어깨 뽕 가득했던 그 시절, 술자리에서 한 선배가 했던 말이 아직도 잊히지 않는다.

"기자는, 듣고 보고 느낀 걸 쓰는 거야. 없는 걸 만들어내는 발명가가 아니라고."

아, 그렇지. 나는 기자지. 있는 그대로의 사실을 있는 그대로 써야만 하는 기자지. 그때부터 나는 내가 직접 보고 듣고 느끼지 않는 건 글로 쓰지 않았다. 칼럼이나 사설처럼 자신의 생각이나 주관이 들어간 글은 취급도 하지 않았다. 무조건 어떠한 현상을 있는 그대로 써야 한다고 생각했다.

그래서였을까. 나는 창의나 창조 따위와는 점점 멀어질 수밖에 없었다. 취재 현장에서 보고 들은 것 외에는 한 문장도 쓸 수 없게 됐으니까. 누군가 한 줄짜리 글을 써달라고 하면 그게 그렇게 어려웠다. 감수성 물씬 풍기는 글은 더더욱 힘들었다.

13년이 지난 지금은, 사실에 근거한 창작을 한다. 저명한 박사들이 탄생시킨 이론적 배경이나 논문을 찾아다니면서 이런저런 글을 쓴다. 칼럼, 에세이, 기사, 인터뷰… 때로는 육아와 관련된 글을 쓸 때도 있는데, 역시나 사실에 입각한 창조물이다.(아, 이건 1000% 찐 실화 바탕글이다. 나는 쌍둥이 엄마니까 ㅎㅎㅎ)

현대인이 창의적이어야 하는 이유는 여러 가지 측면에서 중요하다. 하루가 다르게 변화하는 현대 사회는 이해할 수 없는 문제들로 얽혀있는데, 솔직히 과거의 고인 방법으로는 해결할 수 없는 경지에 이르렀다. 그래서 더 창의적인 사고가 필요하다. 번뜩이는 아이디어가 있어야 하고, 그걸 실행할 수 있는 문제해결능력이 뒷받침되어야 한다. 다양한 관점에서 문제를 바라볼 수 있는 시각은 하루라도 빠르게 탑재시켜야 하는 필수 능력이다.

솔직히 현대 사회에서의 경쟁력은 기존의 것을 개선하거나 새로운 것을 창조하는 능력에 의해 좌우된다고 해도 과언이 아니다. 옆자리 동료를 보라. 숨소리까지 들릴 정도로 가까이 앉은 당신의 동료는 지금 이 순간에도 매우 치열하다. 당신이 보고 있다는 사실도 모를 것이다. 아마도 당신보다 더 좋은 아이디어를 내기 위해 무언가에 몰두해있기 때문이다.

창의적으로 사고해야 하는 가장 큰 이유는 개인의 자기 발전과 성장 때문이다. 창의성은 새로운 도전과 실험을 통해 자신의 능력을 발전시키는데 도움을 준다. 새로운 아이디어를 탐구하고 새로운 분야에 도전함으로써 새로운 경험과 학습 기회를 얻을 수 있다. 도전과 경험을 통해 다양한 인사이트를 도출해 낸다면, 그로 인해 아이디어가 솟구치고 어디에서든 인정받는다면 자신감은 물론 자존감도 향상될 것이다. 나는 당신이 어디서든 빛나기를 바란다.

문제 해결 능력의 개발, 혁신과 변화를 위한 동력, 자기 발전과 성장, 협업과 다양성 강화, 산업과 경제 발전 등 다양한 측면에서 중요한 역할을 하는 아이디어. 미래 지향적인 삶을 위해서는 필수다.

그렇다면 창의적으로 생각한다는 건 무엇일까. 하등 쓸모없는 인간에 불과한 나도 이따금씩 기가 막힌 문장을 만들어내곤 하는 걸 보면 예술가나 천재들만이 가지는 특별한 능력은 아닐 것이다. 인간이라면 누구에게나 내재하고 있는 보석 같은 재능이라고 규정짓고 싶다. 마치 꿈과 현실을 연결하는 다리처럼 느껴질 때가 있을 순 있지만, 지금 이 글을 읽고 있는 당신에게도 창의력은 존재한다는 말이다.

창의적인 사고는 현대 사회에서 매우 중요한 역할을 수행한다. 우리가 새로운 아이디어를 발견하고 문제를 해결하는 데 창의성을 발휘할 때 비로소 혁신과 성장이 가능해진다. 그래서 시간이 지날수록 '창의적으로 생각하는 방법'에 대한 중요성이 강조되고 있는 게 아닐까. 실제로 많은 기업에서 직원들을 대상으로 '창의적 사고'에 대해 끊임없이 교육하고 있는 이유일 것이다.

모 대학에서 창의적으로 생각하는 방법을 강의한 날이었다. 돌아오는 길, 문득 '어떤 교육을 어떻게 한다고 해서 창의적인 사람이 될까?' 싶은 생각이 들었다. 창의성은 인간의 인지 과정과 관련된 아주 복잡한 개념이라 교육만으로는 만들어지지 않는다. 독창성과 유용성, 적합성이 긴밀하게 결합되어야만 비로소 완성된다.

그러나 창의력은 모차르트, 피카소, 아인슈타인 같은 위대한 지성들에게 주어지는 남다른 능력이 아니다. 최신 뇌과학 연구에 따르면 창조성은 몇몇 선택받은 사람들에게만 존재하는 특별한 재능이 아니다. 그렇다는 건 꾸준한 연습을 통해 개발할 수 있다는 말이다. 잊지 말자. 당신은 충분히 창의적이다.

창의력 vs 문제해결력, 그리고 아이디어

창의력과 문제해결력은 둘 다 중요한 인지적 기능이지만, 약간의 차이가 있다. 창의력은 새로운 아이디어나 해결책을 찾는 능력을 의미하며, 주로 창조적인 과제나 문제에 적용된다. 반면에 문제해결력은 주어진 상황에서 효과적인 해결책을 찾고 실행하는 능력을 말한다.

창의력은 새로운 아이디어를 도출하고, 다양한 관점에서 문제를 바라보는 능력을 강조한다. 이는 상상력과 연관되며, 독특하고 창조적인 해결책을 찾는 데 도움이 된다. 예를 들어, 창의력을 발휘하여 새로운 제품, 서비스, 미디어 콘텐츠 등을 개발하거나 예술 작품을 창작할 수 있다.

반면에 문제해결력은 주어진 상황에서 목표를 달성하기 위해 문제를 파악하고 분석한 뒤, 적합한 해결책을 도출하는 능력을 강조한다. 이는 분석력과 실행력이 필요하며, 실제로 문제를 해결하기 위한 전략과 계획을 수립하는 과정을 포함한다. 예를 들어, 문제해결력을 발휘하여 업무상의 문제를 해결하거나 팀 프로젝트를 성공적으로 완수할 수 있다.

요약하자면, 창의력은 새로운 아이디어를 도출하고 창조적인 해결책을 찾는 능력을 강조하며, 문제해결력은 주어진 상황에서 목표를 달성하기 위해 문제를 파악하고 실행 가능한 해결책을 찾는 능력을 강조한다. 두 능력은 상호 보완적이며, 개인이나 조직의 성공을 위해 중요한 역할을 한다. 다시 말해 이 두 능력이 결합될 때 가장 효과적인 결과를 낳는다. 창의력은 새로운 가능성을 탐색하는 데 필요한 반면, 문제해결력은 이러한 가능성을 현실적인 해결책으로 전환하는 데 중요하다. 따라서, 개인이나 조직이 성공적으로 목표를 달성하고 혁신을 이루기 위해서는 이 두 능력을 모두 발전시키고 강화시켜야 한다. 창의력과 문제해결력을 함께 발전시키기 위한 노력은 개인의 성장뿐만 아니라 조직의 발전에도 크게 기여할 것이다.

창의력의 역할

1. 새로운 아이디어 생성

창의력은 기존의 사고방식이나 접근법에서 벗어나 새로운 아이디어를 생성하는 데 중요하다. 이는 기술 발전, 예술 창작, 과학적 발견 등 다양한 분야에서 혁신을 가능하게 한다.

2. 창조적 해결책 탐색

문제에 대한 창조적인 해결책을 찾는 과정에서 창의력이 핵심적인 역할을 한다. 이는 표준적인 해결책으로는 해결할 수 없는 복잡한 문제에 대응하는 데 특히 중요하다.

문제해결력의 역할

1. 문제 파악 및 분석

문제해결력은 문제를 정확하게 파악하고 분석하는 데 필수적이다. 이 과정에서 문제의 본질을 이해하고, 문제의 원인을 규명하는 것이 중요하다.

2. 실행 가능한 해결책 도출

문제를 해결하기 위해 실질적이고 실행 가능한 해결책을 도출하는 능력이다. 이는 창의력을 통해 생성된 아이디어를 실제로 적용 가능한 형태로 전환하는 과정을 포함한다.

창의력에 대한 9가지 질문
주의. 되게 뻔함

얼마 전, 친한 친구가 그랬다.

"넌 작명소를 차려야 할 것 같아"

무슨 말인고 하니, 내가 지어준 네이밍이 기가 막히다는 것이다. 유튜브 채널 이름부터 블로그 이름, 회사명, 심지어 아들 이름까지. 기자로 13년을 살아왔으니 그 정도 아이디어도 못 내면 이상할 텐데도 친구 눈에는 내가 참 대단하게 보이는 모양이다. 창의적인 사람으로 보여서 참 다행이다. 글 잘 쓰는 사람처럼 보여서 정말 다행이다. 휴우. 그리고 이어지는 친구의 질문.

"넌 언제부터 그렇게 창의적이었어?"

하악. 이것 참 어려운 질문이다. 그래서 이참에 곰곰이 생각해 봤다. 창의력이 대체 뭐지?

창의적인 사람에 대한 사회적 필요성에 대한 논의는 사실상 고대 그리스 시대부터 현재까지 끊임없이 이어져왔다. 고대 문헌에 따르면, 고대 그리스인들은 사람의 마음에 두 개의 방이 있다고 믿었으며, 신이 첫 번째 마음의 방을 감흥 시키면, 그것을 받아들인 인간은 두 번째 마음의 방을 통하여 글이나, 그림, 또는 다른 일반적인 기법을 통하여 그 감흥을 표현한다고 믿었다(Decay, 1999). 즉, 신들이 부여하는 영감에 의해 인간은 새로운 것을 창출해 낸다는 신 중심적인 창의성의 개념을 주장하였다. 그러나 중세 이후, 창의성에 대한 과학적 개념이 등장하면서 신 중심적인 창의성의 개념은 인간 중심적인 창의성의 개념으로 변화되었고, 이러한 개념은 오늘날까지 우리 사회에 이어져오고 있다.

Q: 창의력이란 무엇인가?
A: 창의력은 새로운 아이디어나 해결책을 생각해 내는 능력을 말한다. 창의력은 주어진 문제나 과제에 대해 새로운 관점에서 접

근하고, 기존의 사고방식과는 다른 연결고리를 찾아내는 능력이다. 이를 통해 창의적인 아이디어를 도출하고, 문제를 해결하거나 새로운 가능성을 모색할 수 있다. 창의력은 다양한 영역에서 필요한 능력으로, 개인과 조직의 성과 향상을 이끌어내는 역할을 한다.

Q: 창의력은 타고난 능력인가?

A: 일부 사람들은 타고난 창의력을 가지 태어날 수 있지만, 대부분은 창의력을 훈련과 경험을 통해 발전시킬 수 있다. 창의력은 개인의 사고방식, 호기심, 상상력 등에 영향을 받으며, 이러한 요소들은 학습과 도전을 통해 개발될 수 있다. 용불용설(用不用說). 많이 사용하는 기관은 발달하고 사용하지 않는 기관은 퇴화하는 것과 같다. 학습능력에 따라 차이는 있겠지만 노력하면 성적이 올라가는 것과 같은 이치다.

Q: 창의력은 왜 중요한가?

A: 창의력은 혁신과 발전의 핵심 요소다. 새로운 아이디어와 해결책을 찾아내는 능력은 개인과 조직이 진보하고 경쟁력을 유지하기 위해 필수적이다. 창의력은 새로운 제품, 서비스, 기술 등을 개발하고 혁신적인 아이디어를 실현하는 데 도움을 준다. 새로

운 시장 기회를 발견하거나 기존의 문제를 해결하는 데 창의력이 요구되며, 이는 비즈니스 성과와 경제적인 성공에 직결된다. 뿐만 아니라, 창의력은 문제 해결, 협업, 커뮤니케이션 등 다양한 분야에서도 유용하게 활용될 수 있다. 문제 상황에서 창의적인 아이디어를 도출하여 효과적인 해결책을 찾을 수 있으며, 다른 사람들과의 협업에서도 창의력은 새로운 아이디어를 제시하고 상호작용을 촉진하는 데 도움이 된다.

Q: 창의력을 키우기 위해 어떤 노력을 해야 하나?

A: 새로운 분야에 도전하고 다양한 경험을 쌓는 것이 중요하다. 새로운 취미나 관심사를 찾아보고, 다른 사람들과의 대화나 협업을 통해 다양한 아이디어와 관점을 얻을 수 있다. 또한, 다양한 독서와 학습을 통해 지식을 넓히고, 다른 분야의 사고방식이나 접근법을 배울 수 있다. 창의성은 기존의 재료를 잘 버무려 완전히 새로운 아이디어를 도출해 내는 것인데, 좋은 재료를 살 수 있는 가장 쉬운 방법이 바로 독서다. 정독이냐, 다독이냐를 두고 따진다면 개인적으로 창의력에 더 좋은 건 다독이라고 할 수 있겠다.

Q: 창의력은 어떻게 평가할 수 있나?

A: 창의력은 주관적인 개념이기 때문에 정량적인 평가는 어렵

다. 그러나 창의력을 평가하기 위해서는 아이디어의 독창성, 유용성, 혁신성 등을 고려할 수 있다. 실제로 창의력을 연구하는 많은 학자들이 세 가지 키워드를 척도로 삼고 있다.

독창성은 아이디어가 얼마나 새롭고, 기존의 것들과 다른지를 나타내며, 흔치 않고 예상치 못한 방향에서 제시되는 경우 높게 평가된다. 창의력 평가에서 독창성은 아이디어가 기존의 사고나 해결책과 얼마나 차별화되는지를 보여주며, 독창적인 아이디어는 새로운 관점이나 접근 방식을 제공하여 문제를 해결하거나 새로운 가능성을 탐색하는 데 기여한다.

유용성은 아이디어가 실제 문제를 해결하거나 목적에 부합하는지를 나타내며, 실질적인 가치를 제공하고, 실생활에서 활용될 수 있는지가 중요한 평가 기준이 된다. 아무리 독창적인 아이디어라도 실제로 적용되거나 문제를 해결하는 데 도움이 되지 않는다면 그 가치는 제한적이기 때문이다.

혁신성은 아이디어가 얼마나 기존의 방식이나 생각을 변화시키는지, 새로운 기준이나 방향을 제시하는지에 대한 평가다. 혁신적인 아이디어는 기존의 틀을 깨고 새로운 패러다임을 제안하며, 단순히 새로운 것을 넘어서, 기존의 관념이나 방식에 도전하고 새로운 가치를 창출하는지를 보여주며, 사회적, 기술적, 문화적 발전을 촉진하는 원동력이 될 수 있다.

Q: 창의력은 어떤 환경에서 발현될 수 있나?

A: 창의력은 자유로운 사고와 적극적인 태도를 요구하는 환경에서 발현될 수 있다. 개방적인 사고를 가진 사람들이 자유롭게 의견을 나누고 독자적인 사고를 할 수 있는 환경이 창의력을 촉진시킨다. 나또한 그랬다. 기자라는 조직이 상당히 보수적이고 수직적이긴 하나 나의 생각과 의견을 글로 표출하는데 제약이 없었다. 자유롭게 생각하고 자유롭게 표현할 수 있었던 덕분에 생각의 틀에 갇히지 않을 수 있었던 것 같다. 또한, 다양한 분야의 지식과 경험을 획득할 수 있는 다양성과 열린 문화가 창의력을 유발하는 중요한 요소다.

Q: 창의력을 저해하는 요인은 무엇인가?

A: 창의력을 저해하는 요인으로는 고정적인 사고 패턴이나 규칙에 얽매이는 태도가 있다. 또한, 실패에 대한 두려움이나 비판에 대한 민감성도 창의력을 저해하는 요인이 될 수 있다. 동일한 환경이나 관점에서의 일상적인 루틴도 창의력을 저해할 수 있다.

창의력 진단 도구

현재까지 창의성을 측정하는 데 사용되는 검사들은 크게 세 가지 종류로 나누어질 수 있다. 첫째, 창의성을 발휘하기 위해서 필요하다고 생각되는 능력을 측정하는 인지 지각 검사, 둘째 성격 및 태도를 측정하는 성향 검사, 셋째, 창의적 결과물을 통해서 직접적으로 평가하는 산물 검사가 있다.

인지 지각 검사	TTCT	미국의 대표적 창의성 검사. 풍부성, 융통성, 독창 성, 정교성을 측정학 수 있는 기법.
	TCT-DP	유럽의 대표적 창의성 검사. 도형을 보고 자유로운 상상을 통해 해석하는 방식을 보고 사고를 측정하 는 도구
	칠교판 검사	퍼즐을 이용해 조작기술을 검사하는 방법
성향 검사	ACL	제시되는 300문항 중 30개 문항으로 창의성을 확 인할 수 있는 도구
	PECC	아동을 직접 접하는 교사나 부모가 평가할 수 있도 록 설계된 측정 도구
	PRIDE	유아의 성격이나 생애사적 정보를 검사하는 도구
	토란스 창의 검사	성격을 통해 창의성을 측정할 수 있다고 보는 기 법. WKOPAY 검사와 SAM 검사가 있다.
창의적 산물 검사	CPSS	새로움, 실용성, 정교성을 다루는 측정 기법
	CAT	창의성과 기술적 부분을 중점적으로 다루는 기법
기타 검사	CAP	인지적 속성과 정의적 속성을 종합적으로 측정하 는 도구
	ECERS	유아의 보육 환경에 따른 창의성 검사
	TEMAS	제시된 카드에 대한 반응을 측정하는 기법
	WCST	주위 자극의 변화에 대한 대처능력 측정 도구

창의적으로 보일 수 있는 가장 쉬운 방법
T보다 F가 낫다

이 세계 안에서 숨 쉬고 있는 모든 사람은 아마도 스스로가 스스로를 가장 잘 알 것이다. 나 역시 내가 가장 잘 안다. 나는 태어나길 창의적으로 태어나지 않았다. 살다 보니, 빡세게 살다 보니, 온갖 욕을 다 먹으면서 열심히 살다 보니, 나도 모르게 아이디어가 많은 사람이 됐다. 선배가 까라면 까야하는 시대에 기자로 일했으니 창의적이지 않아도 창의적이어야 했다. 아, 그랬던 나를 이해해 달라는 건 아니다.

한번은 이런 적이 있었다. 기자 7년 차 때였나. 매월 하나씩 특종을 쏟아낼 때였다. 그때의 나는 내가 무슨 기사를 어떻게 쓰는지도 모른 채 그냥 키보드를 두드렸던 것 같다. 내가 쓰는 이 기사가 사회에 어떤 파장을 일으킬지에 대해서는 전혀 생각하지 않았다. 누르면 기사가 나오는 자판기 같았달까. 그런 나에게 팀장의 지령이 내려왔다.

이미지를 감성적으로 만들어올 것!!!!!

이미지도 모르겠는데 감성은 또 뭐람. 팀장의 열네 글자 메시지는 멘붕이었다. 감성적인 이미지를 만드는 건 대체 어떻게 하는 걸까. 그렇게 나는 기사를 창조해 내야 하는 미션의 소용돌이에 빨려 들어갔다.

나는 내가 취재한 데이터에 감성을 더하는 연습을 했다. 감정도 감수성도 아닌 감성. 순간적으로 번뜩이는 아이디어가 아닌 누군가의 마음을 울릴 수 있는 한 장의 사진과 글을 만들어내야 했다. 내가 보고 듣고 느낀 점을 있는 그대로 쓰면서 여기에 감성을 더해 기사를 읽는 모든 사람을 설득할 수 있어야 했다. 이제야 하는 말이지만 쉽지 않았다.

그렇게 연습한 결과 자부할 수 있을 정도로 쓸만한 결과물을 만들어냈다. 나와의 첫 화보에 대한 좋은 기억으로 수많은 화보에 도전했던 가수 A양, 인터뷰 원고가 너무 좋다며 감사의 편지를 보내왔던 배우 B양, 스무 살 나이차에도 언니 동생 하자며 비싼 일식집에서 전우애를 다졌던 모델 C양까지.

객관적인 데이터에 나만의 감성을 더했더니 반응이 좋았다. 그리고 그런 반응 덕분에 일할 맛 났다. 회사로부터, 상사로부터, 대중으로부터 인정받는다는 것에 대한 묘미를 느꼈던 좋은 기억이다.

팩트만을 쓴다는 기자도 이러한데, 다른 비즈니스 분야에 종사하는 사람들은 오죽할까. 데이터와 감성을 더한 창의 융합은 이제 필수다. 예를 들어, 데이터 분석을 통해 인기 있는 색상, 주제, 형태 등을 파악하고 이를 작품에 적용함으로써 대중들에게 더욱 많은 공감과 호응을 얻는다. 기업들은 데이터를 분석하여 소비자의 니즈와 트렌드를 파악하고 새로운 제품이나 서비스를 개발한다. 데이터를 기반으로 한 창의적인 마케팅 전략은 소비자들에게 강한 감성적인 호소력을 전달한다.

감성은 아이디어를 풍부하게 만든다. 사용자들의 감정과 욕구를 이해하고 공감할 수 있는 제품과 서비스를 개발하려면 감성적인 요소를 고려해야 한다. 이를 통해 사용자들과의 강한 연결과 긍정적인 경험을 제공할 수 있다. 그뿐인가. 감성은 스토리텔링에서 핵심적인 역할을 한다. 사람들은 감성적으로 공감할 수 있는 이야기에 매료될 수밖에 없다.

감성은 단순히 정보의 전달을 넘어서, 청중의 마음을 움직이고, 기억에 오래 남게 하는 강력한 수단이 되기 때문이다. 감성적인 스토리텔링은 청중에게 깊은 인상을 남기며, 때로는 그들의 생각과 행동에 변화를 일으키기도 한다. 다시 말해 감성적인 스토리텔링은 이야기를 통해 강력한 메시지를 전달하고, 청중의 마음을 움직이는 효과적인 방법이다. 소설, 연극, 영화, 드라마, 게임뿐만 아니라 관광, 테마파크, 커뮤니케이션, 마케팅, 교육 등 다양한 분야에서 스토리텔링의 필요성이 강조되고 있는 이유다.

결론적으로, 감성은 스토리텔링에서 빼놓을 수 없는 중요한 요소다. 감성적인 스토리텔링은 청중과의 깊은 공감대를 형성하고, 강력한 메시지를 전달하는 데 있어 핵심적인 역할을 한다. 이는 청중의 마음을 움직이고, 변화를 일으키는 강력한 도구가 될 수 있다.

그러니까 데이터와 감성은 창의성을 불러일으키는 새로운 토대로 작용한다는 사실을 잊지 말자. 데이터는 사실에 기반해 신뢰성과 효율성을 제공하고, 감성은 인간의 감정과 연결하여 공감과 호소력을 전달한다. 데이터와 감성의 조화로운 융합은 예술, 비즈니스, 디자인, 스토리텔링 등 다양한 분야에서 창의적인 아이디어를 도출하고 혁신을 이끌어낼 수 있다. 따라서 우리는 데이터와 감성을 적극적으로 결합하여 새로운 시각과 아이디어를 개발하는 데 주목해야 한다. 우리는 더욱 창의적이고 혁신적인 사회를 구축해야 하니까.

지식의 폭을 넓히는 방법

1. 여행과 다문화 경험

다양한 문화를 경험하고 이해하는 것은 창의성을 향상시키는 중요한 요소다. 여행을 통해 다른 문화를 직접 체험하거나, 다문화 가정이나 다양한 국적의 친구들과 교류함으로써 새로운 아이디어를 발굴할 수 있다. 기시모토 타쿠야는 새로운 것을 접하기 위해 국내외의 여러 곳을 방문했다. 오키나와에 있는 미나미다이토섬에 방문했을 때 접한 사탕수수를 사용해 술을 만들고 있다. 일본에서 럼주를 만들게 된 이례적인 사례다. 그는 여행을 할 때 '여행은 반드시 이래야 한다'는 생각을 버리라고 조언한다. 오히려 대충 되는 대로 움직이는 무계획 여행에서 더 새로운 발견을 하게 될 수도 있다는 사실을 명심하자.

2. 다양한 취미와 관심사

다양한 취미와 관심사를 가지는 것은 창의성을 넓히는 데 도움이 된다. 예를 들어, 음악, 미술, 스포츠, 요리 등 다양한 활동을 통해 다른 분야에서 영감을 받거나, 새로운 아이디어를 시도할 수 있다. 꼭 음악이나 미술이 아니어도 괜찮다. 라이프 스타일의 폭을 넓힐 수 있는 도전을 시도한다는 것만으로도 훌륭하다. 구글의 20% 프로젝트가 그랬다. 구글은 직원들에게 20%의 시간을 투자하여 자유로운 시간을 가지 수 있도록 허용했고, 이는 직원들이 새로운 아이디어를 추구할 수 있는 기회를 만들어냈다. 구글의 혁신적인 제품과 서비스는 이렇게 탄생했다. 자기가 흥미를 느낄 수 있는 카테고리가 정해지면 그것들을 가능한 많이 겪어보는 게 중요하다. 관심만으로는 창의력을 높일 수 없다. 일단 해보자.

3. 다양한 인간관계의 형성

다른 배경과 경험을 가진 사람들과의 대화와 협업은 새로운 아이디어를 도출하는 데 도움을 줄 수 있다. 다른 분야의 전문가들과의 교류를 통해 새로운 시각과 정보를 얻을 수 있으며, 이를 기반으로 아이디어를 발전시킬 수 있다. 나이가 어리든 많든, 남자든 여자든, 직업이 있든 없든, 그런 건 하등 중요치 않다. 나와는 다른 개성을 가진 타인의 생각을 들어보는 것부터 시작이다. 준비물은 하나다. 열린 마음으로 들어줄 수 있는 경청의 자세만 있으면 된다.

창의적인 사람으로 보이는 시크릿 스킬
반은 먹고 들어가는 창의 기술

자, 그렇다면 이제 연습해 보자.

창의적으로 생각하는 첫 번째 스텝. 기존에 존재하는 것에 비유, 변형 등 다양한 방법으로 조합해 보자. 완전히 새로운 결과물을 창출할 수 있을 것이다. 실제로 많은 예술, 과학, 기술 분야에서 활용되고 있는 방법이다.

스티브 잡스는 기존의 사물을 재배치하고 재정리하여 우리가 알고 있는 혁신적인 제품들을 만들어냈다. 그의 접근 방식은 기존의 것들을 활용하여 완전히 새로운 결과물을 창출한 대표적인 예다.

이러한 방법은 단순히 새로운 아이디어를 발견하는 것에 그치지 않고, 기존의 지식이나 개념을 새로운 시각으로 재해석하고 재구성함으로써, 전혀 다른 가치를 창출해낸다. 이 과정에서 중요한 것은 기존의 것들을 단순히 재사용하는 것이 아니라, 그것들을 새로운 방식으로 조합하고 해석하여, 전에 없던 새로운 형태나 개념을 창조해내는 것이다. 이는 과학적 발견에서부터 예술적 창조물, 기술 혁신에 이르기까지 모든 분야에서 관찰된다. 예를 들어, 예술가는 자연의 형태를 변형하여 새로운 예술 작품을 만들어내고, 과학자는 기존의 이론을 새로운 문제에 적용하여 놀라운 발견을 하며, 기술자는 기존의 기술을 새로운 방식으로 조합하여 혁신적인 제품을 개발한다.

이처럼 기존에 존재하는 것에 비유, 변형 등 다양한 방법으로 조합하는 것은 창의적인 사고의 핵심이며, 이를 통해 완전히 새로운 결과물을 창출할 수 있다. 이 과정은 우리가 살아가는 세계를 더욱 풍요롭고 다채롭게 만들어줄 것이다.

일본의 교세라 창업자이자 명예회장인 이나모리 가즈오는 일본에서 가장 존경받는 경영자 중 한 사람으로 '살아있는 경영의 신'이라 불리는데, 그가 지금의 자리에 있기까지 숱한 창조의 노력이 있었다. 수많은 노력 끝에 일본 최초로 TV 브라운관에 사용되는 'U자 켈시마'의 재료인 포오스테라이트의 합성에 성공했다. 기존에 존재하는 것과 존재하지 않는 것을 더했더니 완전히 새로운 것이 탄생한 것이다. 이로서 그의 인생은 송두리째 바뀌었다.

두 번째. 가지고 있는 아이디어를 구체화시켜보자. 아주 뜬금없는 아이디어도 좋다. 생각이 생각을 낳고, 그 생각은 또 다른 생각을 낳는다. 분명히 어떠한 문제를 해결하는데 도움을 주는 실마리가 될 것이다. 다만, 그 아이디어가 특정 상황에 부합하며 받아들여질 수 있는 것인지를 고려해야 한다는 사실을 잊지 말자.

세 번째. 감성을 열자. 예술, 음악, 자연 등 주변 환경과 소통하며 숨겨진 아름다움을 발굴해야만 마음속 깊숙한 곳에서 감각적인 아이디어가 쏟아져 나올 것이다.

고백하건대, 나도 그랬다.

"네 원고는 쓰레기야"라고 말하던 선배에게서 "괜찮은데"라는 칭찬을 이끌어내기까지 수많은 시도를 했다. 단어와 단어를 합쳐보고, 문장을 분해했다. 한강에서 맥주와 함께 원고를 써보기도 했고, 자전거를 타면서 생각나는 글을 녹음해보기도 했다. 창의적으로 생각하는 각고의 노력 끝에 이제는 눈 감고도 A4 4장 분량의 원고를 뚝딱 써낼 정도가 되었는데….

솔직히 나는 아직 멀었다는 생각이 들었다. 얼마 전에 나보다 글을 잘 쓰는 사람을 만났는데, 그녀가 남긴 책을 다 읽은 후 스스로에게 굉장히 화가 났다. 그래서 무기력하다. 한 번쯤은 그녀를 이겨보기 위해서라도 창의적으로 생각하러 떠나련다. 어디로? 노트북을 접고 안방 침대로. Zzz.

Why의 중요성

어떠한 문제를 해결하는 데 있어 가장 쉬운 접근은 'WHY'를 생각하는 것이다. 'WHY'를 물어보면 문제의 근본적인 원인을 파악하고, 이를 해결하는 데 도움이 되는 정보를 얻을 수 있다. 문제의 표면적인 증상이나 결과물에 집중하는 대신, 그 배경에 있는 근본적인 원인을 파악할 수 있다. 문제의 근본 원인을 파악하면 그에 따른 조치를 취할 수 있으며, 재발을 방지하고 지속적인 개선을 이룰 수 있다. 문제는 단일한 요소나 원인으로만 이해하기 어렵고, 여러 가지 요소들이 복합적으로 작용하는 경우가 많은데, 'WHY'를 생각해 봄으로써 이러한 상호 연관성을 파악해 볼 수 있다. 그러고 나면 대안을 유출하는 게 수월해진다. 근본 원인을 해결함으로써 더 효과적인 대안을 찾을 수 있다. 우리가 만난 수많은 아이디어는 이렇게 만들어졌다는 것을 잊지 말자.

미래창조과학부의 '물음 캠페인'

많은 전문가들이 제안하는 방법 중 하나는 WHY를 다섯 번 묻는 것이다. 도요타의 창설자인 도요다 사키치가 개발한 방법으로 '왜 이 문제가 생겼는가'를 묻고 질문에 대한 답이 나오면 그 답에 대해서 또 '왜'를 묻는 방식이다. 이렇게 다섯 번을 물어보면 문제에 대한 진짜 해결책을 찾을 수 있다.

실제로 미국의 워싱턴 주에 있는 제퍼슨 기념관은 돌로 된 기념관의 벽이 심하게 부식되고 있어서 유지보수작업이 불가피하게 된 적이 있었는데 5why 기법으로 문제를 해결했다.

1step

왜 대리석이 빨리 부식되는가?

-〉비눗물로 바닥을 자주 씻기 때문에.

2step

왜 비누물로 바닥을 자주 씻는가?

-〉 비둘기가 자주 와서 배설물이 많이 떨어져서.

3step

왜 비둘기가 자주 오는가?

-〉 비둘기가 좋아하는 거미가 많아서.

4stept

왜 거미가 많은가?

-〉 거미의 먹이인 나방이 많이 몰려들어서.

5step

왜 나방이 많이 몰려드는가.

-〉 해질 무렵 기념관의 불빛을 보고.

제퍼슨 기념관은 다섯 번의 '왜'를 질문한 끝에 기념관의 전등을 두 시간 후에 켜라는 해결책을 얻어 문제를 해결했다.

창의적인 사람으로 보이는
진짜 시크릿 스킬
솔직히, 나만 알고 싶은 핵심 스킬

어디까지 공개해야 하나 고민이 된다. 나만 창의적이었으면 좋겠고, 나만 대단해 보였으면 좋겠고, 나만 능력자였으면 좋겠는 못난 마음이 타자를 두드리는 손가락을 망설이게 한다. 그러나 어쩌겠나. 하기로 했으니 해야지. 개봉박두. 내가 꽤 쓸만한 아이디어를 쏟아낼 수 있었던 숨은 비결!

스캠퍼다. 창의적 아이디어를 도출하기 위한 기법 중 하나인데, "Substitute(대체)", "Combine(결합)", "Adapt(응용)", "Modify(수정)", "Put to another use(다른 용도로 사용)", "Eliminate(제거)", "Reverse(역전)"의 일곱 가지 방식을 의미한다. 이 기법은 문제나 과제를 다른 관점에서 바라보고 새로운 아이디어를 발굴하는 데 사용된다. 이미 많이 알려진 기법이지만 적극적으로 활용하고 있는 사람은 드물다. 아니, 일상생활에서 많이 사용하고 있다는 사실을 체감하고 있는 사람은 거의 없다.

Substitute(대체)

기존 요소를 다른 요소로 대체하여 새로운 아이디어를 도출할 수 있다. 어떤 제품의 재료를 대체하여 더 경제적이고 친환경적인 제품을 만들어볼 수도 있고, 하나의 부품을 다른 것으로 대체해서 더 실용적인 제품을 탄생시킬 수도 있다. 제품의 재료, 부품, 에너지, 색상 등 다양한 측면에서 적용될 수 있다.

전통적인 전구 대신 LED(발광 다이오드)를 사용하여 에너지 효율성을 높일 수 있고, 에너지 생산 방식을 변화시켜 더 경제적이고 친환경적인 대체 에너지를 활용할 수 있다. 예를 들어, 태양광 발전소를 설치하여 태양 에너지를 활용하거나, 풍력 발전소를 구축하여 바람 에너지를 활용하는 식이다. 기름을 대체한 전기 자동차, 불을 대체한 전자담배 등이 스캠퍼의 대체 기법으로 탄생한 제품이다.

Combine(결합)

이나모리 가즈오 회장이 신소재를 발견했던 방법으로, 두 가지 이상의 요소를 결합하여 새로운 아이디어를 찾아내는 기법이다. 서로 다른 산업의 기술을 결합하여 혁신적인 제품을 개발할 수 있다. 산업뿐만 아니라 기술, 재료, 서비스 등 다양한 측면에서 적용될 수 있다.

의료 기술과 인공지능 기술을 결합하여 스마트 의료기기를 개발했고, 자동차 산업과 IT 산업을 결합하여 자율 주행 자동차를 개발했다. 금속과 플라스틱을 결합하여 강도와 가볍기를 모두 갖춘 제품을 만들어내기도 했다.

시범 운행 중인 자율주행자동차

이 방법은 과학적인 지식을 활용하여 예술 작품을 만들거나, 예술적인 감각을 가지고 과학적인 문제를 해결하는 등의 시도를 통해 새로운 아이디어를 발견할 수 있다. 인문학과 공학은 서로 다른 접근 방식을 가지고 있지만 두 분야의 조화는 창의성을 촉진시킨다. 예를 들어, 인문학적 사고와 공학적 기술을 합하여 사회 문제를 해결하거나, 공학적인 도구를 활용하여 인문학적인 가치를 탐구하는 등의 시도를 통해 새로운 관점을 얻을 수 있다.

Adapt(응용)

다른 분야나 문제 해결 방법을 적용하여 기존 아이디어를 새로운 문제에 적용하는 방법이다. 음악의 리듬을 활용하여 운동 프로그램을 개발하는 등 다른 분야의 아이디어를 활용할 수 있다.

갈고리 모양의 털이 달린 산우엉 씨앗의 모양을 응용하여 만든 벨크로가 대표적이다. 우리는 이것을 찍찍이라 부르는데, 탄생 비화가 재미있다. 스위스의 발명가 조르주 드 메스트랄이 애완동물과 함께 산책을 하다가 애완동물의 털에 붙은 산우엉 씨앗을 떼어내는 데 매번 애를 먹었다. 산

벨크로

우엉씨가 왜 이렇게 단단하게 붙어있는지 궁금해진 그는 씨앗의 끝 부분이 갈고리처럼 구부러져 있어서 잘 달라붙는다는 사실을 알게 됐다. 그 갈고리들은 매우 유연해서 위로 잡아당겼다가 놓으면 제자리로 돌아가 붙었는데, 메스트랄은 여기서 힌트를 얻었다. 약 8년 간의 연구 끝에 벨벳과 갈고리로 덮인 두 개의 밴드를 떼었다 붙였다 할 수 있는 발명품을 만들어낸 것이다. 그리고 그는 벨벳(velvet)의 앞부분 '벨(vel)'과 갈고리(crochet)의 cro를 합쳐서 벨크로(velcro)라고 이름 붙였다.

Modify(수정)

기존 아이디어를 수정하여 새로운 아이디어를 도출할 수 있다. 제품의 크기, 색상, 기능 등을 수정하여 더 효율적이고 사용자 친화적인 제품을 개발할 수 있다. 안경의 색깔을 수정해서 만든 선글라스와 컴퓨터의 크기를 수정한 스마트폰이 대표적이다.

Put to another use(다른 용도로 사용)

기존 아이디어를 다른 용도로 활용하여 새로운 아이디어를 찾아낼 수 있다. 음식물 쓰레기를 발전소에서 에너지로 활용하는 등 기존 자원을 다른 방식으로 활용할 수 있다.

청소 용품으로 사용하는 베이킹파우더

우리는 아주 흔히 원래의 용도를 다른 용도로 사용하곤 한다. 빵에 넣는 식품첨가물로 개발된 베이킹파우더를 청소 용품으로 사용한다. 그릇을 닦는 주방세제로 옷에 묻은 기름때를 지운다. 그뿐인가. 작아져서 못 입게 된 아이들의 옷을 청소용품으로 사용하는가 하면, 다 쓴 칫솔로 화장실 바닥을 닦는다. 이렇듯 주부는 매우 창의적이다.

Eliminate(제거)

문제를 해결하는 데 불필요한 요소나 단계를 제거하여 효율적인 아이디어를 도출한다. 제품의 기능 중 사용되지 않는 기능을 제거하여 제품을 단순화하고 효율적으로 만들 수 있다.

스캠퍼 기법 중 가장 쉽게 접근할 수 있는 방법이라고 생각한다.

날개를 없앤 다이슨의 선풍기

이어폰의 줄을 제거한 무선이어폰은 애플에서 출시도 하기 전에

완판을 기록했다. 선풍기의 날개를 제거한 다이슨의 무팬선풍기는 이제 모든 집의 필수 가전이 됐다. 무선 다리미, 무선 마우스, 무선 청소기 등…. 더 이상 가전제품에 선이 필요 없다.

Reverse(반전)

기존 아이디어의 요소를 반전시켜 새로운 아이디어를 발굴합니다. 제품의 사용자와 제조자의 역할을 바꾸어 제품을 개발하거나, 문제를 역으로 생각하여 새로운 해결책을 찾을 수 있다.

창의적 아이디어를 도출해 내는 데 가장 어려운 접근이 아닐까. 김밥과 김의 위치를 바꾼 누드김밥, 뚜껑이 아래에 있는 샴푸, 양말에서 착안한 벙어리장갑 등이 있다. 활용되고 있는 걸 보면 쉬워 보이지만 이러한 아이디어를 도출해 내는 데는 고민과 시행착오가 필요하다.

세워놓을 수 있는 주걱

재팬 베이커리 마케팅 주식회사의 대표이사인 기시모토타쿠는 "일은 폭이 넓은 사람에게 모인다"라고 말했다. 이 말은 폭넓은 지식과 경험을 가진 사람이 더 많은 기회와 성공을 만난다는 것을 의미한다. 하나에 몰입해 파고들어 '오타쿠'가 되는 것보다 다양한 경험과 방식을 통해 창의적인 사람이 되는 게 낫다는 것이다.

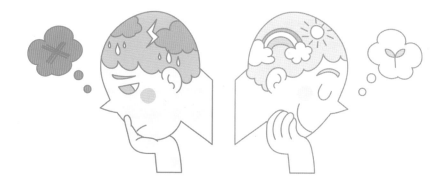

나만 알고 싶은 두 번째 스킬, 트리즈

트리즈(Theory of Inventive Problem Solving)는 문제 해결과 혁신을 위한 창의적 사고 도구 중 하나다. 1946년에 소련 과학자 알타셰르 갈레이에 의해 개발된 도구로, 문제 해결을 위해 이전에 해결된 문제들에서 도출된 원칙들을 활용한다. 이를 통해 창의적이고 혁신적인 해결책을 찾는 데 도움을 준다.

트리즈는 40가지 이상의 기본적인 발견 원리들을 제시하고 있으며, 이러한 원리들은 이전에 해결된 다양한 문제들에서 발견된 패턴과 특징들을 기반으로 한다. 발견한 원리들을 이용하여 문제의 특성과 원인을 분석하고, 다양한 관점에서 해결책을 도출하는 것이 트리즈의 핵심이다.

트리즈는 다양한 도구와 메소드를 활용하여 문제 해결을 돕는다. 예를 들어, WOIS(원인-효과 분석), ARIZ(알고리즘 기반 문제 해결),

S-Field 분석(시스템 구조 분석) 등의 도구를 활용하여 문제를 분석하고 해결책을 도출하는 데 도움을 준다.

이 기법이 가장 활성화되어 있는 분야는 유아동 및 청소년 교육이다. 트리즈를 경험하는 과정에서 창의성이 증대되고, 생각지도 못했던 아이디어를 도출해낼 수 있기 때문이다. 문제를 기피하는 자세가 아닌 해결하려는 적극적인 태도를 갖게 된다는 점에서도 활용도가 높다.

효과적인 창의적 사고 기법으로 떠오르면서 다양한 산업 분야에서 문제 해결과 혁신을 위해 활용되고 있다.. 제조업, 공학, 제품 개발, 서비스 디자인 등 다양한 분야에서 문제 도출, 문제 분석, 해결책 도출 등에 적용되고 있다.

알츠슐러가 발견한 획기적인 특허의 40가지 공통점

분할	추출	국소적 성질	비대칭	통합
사전 조치	사전 예장	사전 반대조치	높이 맞추기 / 굴리기	반대로 하기
차원 변경	기계적 진동	주기적 작용	유익한 작용 지속	고속 처리
셀프 서비스	복제	일회용품	기계시스템 대체	공기나 유압
동질성	폐기와 재생	속성 변환	상전이	열팽창
다용도	포개기	평형추	구형화/ 곡선화	역동성
초과나 부족 조치	전화 위복	피드백	매개체	구멍/ 다공성 물직
유연한 막	색 변경	활성화/ 산화 가속	비활성화/ 불활성 환경	복합재료

창의적인 사람으로 보이는
진짜 진짜 시크릿 스킬
알아두면 좋음

아래 소개되는 다섯 가지 기법은 서울대학교 박남수 교수가 2006년부터 자체적으로 개발하여, 고등학교 및 대학교 특강 강의, 기업체 연수 등에서 실제로 사용하면서 꾸준히 보완하고 개발해 온 방법이다. 약 10여 년 간 걸쳐 축적된 창의적 사고능력 교육 방법으로 기존에 잘 알려져 있는 창의적 사고 툴과는 차별화된 내용을 다룬다.

1. 최소최대화 기법

Min-Max 방법은 주어진 상황에서 최솟값과 최댓값을 찾아내는 방법이다. 이 방법은 주로 최적의 결정을 내리거나 최적의 전략을 수립할 때 사용된다. 예를 들어, 게임이나 경쟁 상황에서 상대방의 최소 이익과 최대 손실을 예측하여 자신의 최적 전략을 수립하는 데 활용될 수 있다. 상당한 시간이 소요되거나 또는 고통이 따르는 경우라면 그런 불편함을 없애기 위해서 이 기법을 적용할 수 있다. 내시경 검사의 고통과 불편함을 최소화하기 위해 발명된 마이크로 내시경 검사 기구가 이에 해당한다.

2. 무작위 투입 기법

무작위 투입 기법은 주어진 문제나 상황에 대해 완전히 어울리지 않은 소재를 무작위로 입력하여 원하는 결과를 얻는 방법이다. 이 방법은 탐색적인 접근을 통해 문제의 다양한 측면을 탐구하고, 새로운 아이디어를 발견하는 데 도움이 된다. 예를 들어, 문제 해결이나 제품 개발 과정에서 다양한 입력을 시도하여 새로운 시각과 해결책을 찾아낼 수 있다. 기업에서는 기존 제품에 대해서 새로운 신제품 아이디어를 찾을 때 사용할 수 있고, 학교에서는 기존의 관습을 파격적으로 바꾸는데 활용할 수 있다. 또 제품 디자인이나 마케팅 전략을 개발할 때, 다양한 속성이나 아이디어를 랜덤 하게 조합하여 새로운 시각과 접근법을 찾아내는 데 활용될 수 있다.

4. 카기법

CAR 기법은 창의적 아이디어를 찾기 위해서 토론 참여자들에게 변경자(Changer), 확장자(Adder), 제거자(Remover), 중재자(Moderator)라는 네가지 전담 역할을 부여해 토론 방식을 활용하는 기법이다. 제한된 시간 내에 각자의 역할에 충실해 최대한 많은 대안을 발굴할 수 있도록 하는 창의적 사고 훈련기법이다. 자신의 아이디어를 다른 사람들에게 설득할 필요가 없기 때문에 생산적이다.

5. 퍼즐링 기법

일의 처리과정이 중요한 무형의 서비스 또는 순차로 진행되는 프로세스에 대해서 창의적 사고를 접목할 때 사용할 수 있는 대표적인 기법이다. 평소에 무의식적이고 반복적으로 수행하던 기존 업무프로세스를 최대한 세분화해서 그동안 생각하지 못했던 문제들을 파악하는데 용이하다. 아주 세분화된 퍼즐로 도식화하기 때문에 한 눈에 이해하기 쉽다는 장점도 있다.

Part 2

거시적으로 생각하기

기획자의 역할은 단순히 아이디어를 내는 것에서 그치지 않는다. 아이디어를 현실로 전환시키는 데 필요한 다양한 자질과 능력을 갖추어야 한다. 가장 중요한 자질은 스케치 능력이다. 어떤 그림을 어떻게 그리느냐에 따라 기획의 방향성이 결정되기 때문이다. 기획자가 나무를 그리면 가지와 나뭇잎의 모양새를 만들어 내지만 기획자가 숲을 그리면 온갖 종류의 나무를 만들어낼 것이다.

스케치 능력은 기획자가 자신의 아이디어를 시각화하고, 이를 팀원이나 이해관계자에게 명확하게 전달하는 데 도움을 준다. 이는 기획의 방향성을 결정짓는 중요한 과정이기도 하다. 스케치를 통해 기획자는 다양한 해결책을 빠르게 시도해보고, 창의적인 문제 해결 방안을 도출할 수 있다. 이는 기획 과정에서의 유연성과 창의성을 높여줄 것이다. 다시 말해 기획자에게 창의력보다 중요한 건 거시적인 관점으로 보고 생각하는 능력이다. 단언컨대, 아이디어는 넓고 크게 보는 데서 탄생한다. 자, 그렇다면 당신은 무엇을 그릴 것인가.

코로나 슈퍼항체 보균자의 제언
큰 그림을 그려야 하는 이유

바야흐로 2023년 가을, 남편이 코로나에 걸렸다. 2020년 코로나가 창궐한 후 3년 동안 한 번도 걸리지 않아서 자기가 슈퍼항체 보균자라 자신하던 그도 영락없이 당한 셈이다. 산산조각 나버린 나의 멘탈… 그야말로 멘붕이었다.

나는 코로나에게서 쌍둥이를 지켜야 한다. 죽일 놈의 바이러스에게서 쌍둥이를 지켜내야만 하는 '엄마'다. 고민할 것도 없었다. 남편을 호텔로 요양을 보냈다. 독박육아 일주일 정도쯤이야. 이 한 몸 부서져도 괜찮았다. 쌍둥이만 아프지 않을 수 있다면.

그렇게 고통의 일주일이 지나고 드디어 남편이 집으로 돌아오던 날.. 지독한 육아의 늪에서 해방되던! 그날을 잊을 수 없다. 그 날 아침의 온도는 환희였다. 천근만근 무거웠던 몸을 뜨거운 물에 담글 수 있었고, 일주일 내내 굽어있던 등을 펼 수 있게 됐다. '삐그덕' 거리던 내 몸뚱아리에게 사과하던 남편은 나에게 '휴식'을 권했다. 그렇게 나는 이틀간의 휴가를 부여받고, 유유히 밀린 업무를 하러 떠났다.

1박2일. 짧다면 짧지만 길다면 긴 이 시간을 나는 잘디잘게 쪼개서 썼다. 쌍둥이를 돌보느라 멀리 했던 전화업무를 해결했고, 차주에 있을 프레젠테이션 대본을 썼고, 그 대본을 읽고 또 읽었다. 이틀 동안 함께한 팀원은 헤어지면서 이렇게 말했다.

"엄마라서 그렇게 열심히 사는 거에요? 아니면, 그렇게 열심히 살아야 엄마를 할 수 있는 거에요?"

뼈를 때리는 질문이다. 닭이 먼저냐, 달걀이 먼저냐와 같은 이 질문에 정답이 어디 있겠나. 나도 모르게 엄마가 됐고, 아이들을 지키지 위해서라면 이 한 몸 부서져도 괜찮은 것을. 그렇다. 나는 코로나에게서 아이들을 지키기 위해 매우 치밀했고 철저했다.

그런데 불행은 그리 먼 곳에 있지 않았다. 약 40시간을 함께 보낸 팀원이 코로나에 걸렸단다. 오마이갓. 미쳐버릴 노릇이다. 지난 8일간의 노력이 이렇게 물거품이 되는 건가… 하늘도 무심하다. '미안하다'며 연신 사과하는 팀원은 잘못이 없다. 의미 없이 헌신했던 내가 잘못이다.

이제 와서 하는 이야기지만 나는 음성이다. 아니, 남편도 양성이고 이틀 내내 같이 지낸 동료도 양성인데 왜 나는 자꾸 음성이지? 아무래도 슈퍼항체 보균자는 남편이 아니라 나인가 보다. 어쩔 수 없다. 이렇게 된 이상 이예지를 질병관리본부로!

각설하고, 오늘은 매크로 관점에서 생각해 보는 방법에 대해서 이야기해보려고 한다. 매크로 관점적 사고는 전체 시스템, 인구 또는 구조물 전체를 아우르는 큰 규모에서 현상을 이해하고 분석하는 인지적 접근 방식이다. 갑자기 매크로 관점에서 사고하는 것이 코로나와 어떤 상관이 있는지 묻는다면 매크로 관점으로 시야를 확장하면 더 쉽게 아이디어를 도출할 수 있기 때문이다.

거시적인 관점은 문제를 넓은 시야로 바라볼 수 있는 능력을 높인다. 문제를 단순히 특정 상황이나 관점에서만 바라보는 대신,

전체 시스템이나 생태계의 관점에서 문제를 이해하고 분석할 수 있게 된다. 다양한 영역과 상호작용을 고려한 아이디어를 도출할 수 있게 되는 건 어쩌면 당연하다.

무엇보다 변화와 트렌드를 파악할 수 있는 역량을 향상시킨다. 문제가 발생하는 원인이나 환경이 어떻게 변화하고 있는지를 이해하면, 미래에 발생할 수 있는 문제와 기회를 예측할 수 있지 않을까. 당연히 미래 지향적인 아이디어를 도출할 수 있게 될 것이다.

실제로 나는 오랜 기자 생활을 하면서 어떤 이슈가 어떠한 결과를 파생시킬 것인지를 예측할 수 있는 놀라운 능력이 생겼다. 멀리 보고, 미리 판단하고, 크게 생각하는 것이 늘 해야만 하는 '일'이었기 때문이 아닐까. 다시 말해 나는 늘 새로운 걸 멀리 보는 '일'을 해왔다. 타고난 능력이 아니라 개발된 능력이다.

돌아가서, 코로나와 거시적 사고의 상관관계를 이야기해 보자. 공중보건 분야에서는 전체 인구의 건강을 고려한다. 전염병 전파, 건강 지표, 의료 서비스 액세스 및 예방 프로그램의 효과 등을 포함한다. 매크로 관점적 사고를 통해 공중보건 당국은 대규모 보건 문제에 대한 대응과 예방 조치를 개발할 수 있다. 다시 말해 코로나 패닉이 발생했을 때 보건 당국은 이 사태의 진행에 대해 큰 그림을 그린 후 대응 방법을 논의한다는 거다.

그러니까 우리는 어떠한 상황을 마주했을 때, 해결해야 하는 과제에 당면했을 때, 거시적인 관점에서 큰 그림을 그리는 연습을 해야 한다. 매크로 관점적 사고를 통해 전체 시스템, 인구 또는 구조물 전체를 아우르는 큰 규모에서 현상을 이해하고 분석하는 인지적 접근 방식이 필요하다.

가장 중요한 건 규모와 맥락을 고려하는 것이다. 왜냐면 관측 규모에 따라 사고가 상당히 다를 수 있기 때문이다. 예를 들어, 미시적 관점에서는 무작위로 보일 수 있는 것도 거시적 관점에서는 결정적인 법칙으로 설명될 수 있다. 또 동일한 매크로적 현상이 다양한 맥락에서 다른 의미를 가지게 될 수 있다. 규모와 맥락의 상호작용을 인식함으로써 우리는 지나치게 단순한 일반화를 피할 수 있다.

놀랍게도 이 같은 매크로 관점적 사고가 경제학, 생태학, 도시계획, 공중보건, 환경 보전, 역사 연구 등 아주 다양한 분야에서 적용되고 있다. 즉, 우리는 우리가 살면서 마주할 수 있는 수많은 이슈에서 매크로 관점적으로 사고할 필요가 있다.

나는… 코로나에 걸린 남편을 격리시켰다고 해서 내가 코로나 바이러스에게서 자유로울 수 없다는, 매크로적 사실을 인지했어야 한다. 만약 조금만 더 거시적으로 생각했다라면, 요양보낸 남편이 돌아온 날 그렇게 콧노래를 부르며 탈출하지는 않았을 것이다. 팀원이 미안해할 일을 만들지 않았었겠지.

숲을 보자. 더 나은 삶이 펼쳐질지 모른다. 적어도 나같은 어리석은 짓은 하지 않을 것이다.

세상아, 내 후배 건드리면 죽는다
진짜다

오랜만에 후배를 만났다. 2년 만인가. 육아를 이유로, 일을 이유로, 컨디션을 이유로 미루고 미뤄왔던 만남이라 얼굴을 보자마자부터 헤어지는 그 순간까지 쉴 틈 없이 대화했다. 오디오가 빌 틈이 없었달까. 우리는 그동안 묵어두었던 대화의 수문을 터뜨렸다.

2년… 결코 짧지 않은 시간 동안 우린 많이 변해있었다. 직급과, 가족, 몸무게, 심지어 얼굴까지.. 인간이 바뀔 수 있는 최대치가 다 바뀐 것 같았다. 서로 '왜 이렇게 야위었냐'며 걱정했고, '많이 힘들었냐'며 위로하느라 바빴다. 굳이 말하지 않아도 아는 사이인데도 우리는 애를 써 말했다. 또 언제 이렇게 만날 수 있을지 모르니까. 그 후배도, 나도, 분초를 다투는 삶을 사니까. 그렇게 우리는 오랜만에 만난 이 소중한 시간을 달콤 쌉싸름한 이야기로 채웠다.

그런데 그 후배가 그런다. 인생이 이렇게 고통스러운 이유가 뭐냐고… 당황스럽게도 모든 매일이 미션의 연속이고, 깨도깨도 깨야 할 도장이 수두룩한 이유가 대체 뭐냐고 한다. 울어도 울어도 남아있는 눈물이 가엾고, 뛰어도 뛰어도 멀게만 느껴지는 골대가 야속하단다.

후배는 삶의 끊임없는 도전의 무게에 짓눌려 있는 것처럼 보였다. 끊임없는 상사의 맹공격, 끊임없는 장애물의 행렬 속에서 홀로 투쟁하고 있었던 것이다. 그것도 어떠한 보호구 하나 챙겨 입지 못한 채 맨몸으로 말이다.

인생은 정녕 부서지기를 기다리는 봉인들로 이루어진 복잡한 태피스트리인 걸까. 지긋지긋한 인생의 도장 깨기 고통에서 벗어나는 방법을 난들 알까 싶냐만은 그래도 선배랍시고 무슨 말이라도 해주어야 할 것 같아서 시답잖은 조언을 해줬다.

'능동적으로 생각해 봐.'

개뿔. 내 몸 하나 건사하기도 힘들어 죽겠구먼 능동은 무슨 능동. 쌍둥이가 시키는 것, 남편이 부탁하는 것, 엄마가 하라는 것을 해내느라 몸이 열두개라도 모자란, 누가 봐도 수동적인 인생을 사는 내가 '능동적으로 살아보라니. 이게 무슨 해괴망측한 이야기냐는 말이다. 저어기 고양시 덕양구에 가면 능동이 있다는 말은 차마 못했다. 그 순간 나는 왜 그따위 말도 안되는 말을 했을까. 그것도 고통의 수렁 깊숙이 빠져있는 후배에게.

사실, 내가 후배에게 능동 타령을 한 이유가 있다. 능동적 사고는 개인의 인지 프로세스를 변화시키는 강력한 도구이기 때문이다. 단지 생각을 자유롭게 변화하는 것만을 의미하는 것이 아니다. 삶의 도전이라는 빽빽한 덤불을 뚫을 수 있는 강력한 도구이자 인지 마체테다. 심층적이고 의도적인 인지 접근을 통해 혁신과 문제 해결 능력을 향상시킨다. 다시 말해서 지긋지긋한 이 현실의 핵심을 간파할 수 있도록 도와주는 스킬이다. 즉 우리의 소란스러운 현실의 핵심을 파악하기 위한 수단이다.

창의적 사고와 사고기법 교육 분야의 세계적 흐름을 주도하는 독보적 권위자 에드워드 드 보노는 많은 사람들이 현상에 대해 단순히 생각하는 것이 아니라 능동적으로 사고하고 문제를 해결할 수 있는 방법을 개발했다. 그는 20세기 중반에 인지 과학, 심리학, 사고방식 등을 연구하며 능동적 사고에 대한 이론과 방법을 제시했는데, 주요 이론 중 하나는 "좌우뇌 사고"다. 그는 좌뇌와 우뇌의 역할과 기능을 연구하고, 이를 기반으로 좌우뇌의 상호 작용을 통해 창의적인 사고와 문제 해결을 도모할 수 있다고 주장했다.

이렇듯 나는 능동적인 사고가 일상적인 것을 초월한다는 것을 안다. 무엇보다 이러한 사고방식은 일상적인 경험과 정보 처리를 넘어, 보다 깊이 있고 의도적인 방식으로 발전시킨다. 사실을 검증하고 정보를 분석하는 능력을 키우며, 이를 통해 미래를 대비하고 결정을 내릴 때도 도움이 된다. 다시 말해 일상적인 경험과 정보 처리의 표면을 넘어 더 깊은 이해의 영역을 탐구하는 것을 의미한다. 여러모로 쓸모 있는 사고방식이다.

그렇다면 지칠 대로 지친 내 후배가, 아니 우리가 능동적으로 생각할 수 있도록 하는 방법은 무엇일까.

먼저, 다양한 주제에 대한 지식을 쌓아야 한다. 이를 통해 새로운 아이디어와 관점을 발견하고 연결할 수 있다. 쉬워 보이지만 결코 쉽지 않다. 책도 좋고 기사도 좋다. 영화를 보거나 강의를 듣는 것은 더 좋다. 책, 기사, 영화, 강의 등은 지식의 원천을 다양하게 만들어준다. 그렇게 함으로써 새로운 아이디어와 관점의 수문을 열 수 있다. 그래서 우리는 다양한 플랫폼을 통해 정보를 얻고, 공유하며, 이를 통해 시각을 넓히는 게 무엇보다 중요하다.

그리고 정보를 받아들일 때 그것을 개인적으로 의미 부여하고 연결 지어 보자. 사고를 더 의도적으로 제어하고 다양한 개념 간의 관계를 찾을 수 있을 것이다. 이것이 능동적 사고의 본질, 즉 의도적인 연결과 의미 있는 연관성의 인지적 발레다.

후배와 헤어지는 길, 나는 그녀에게 이렇게 말했다.

"능동적으로 생각하다 보면 혁신적으로 생각하게 될 거야. 아이디어를 발견하게 될 거고, 그러면 넌 창의적인 사람이 되겠지. 그리고! 다 해결될 거야."

세상을 잃은 표정으로 못내 *끄덕끄덕* 하며 뒤돌아 걷던 후배의 발걸음이 어찌나 마음 아프던지. 후배는 무엇이 그렇게 무거웠을까. 그 짐을 조금이라도 내려놓길 바라면서 한마디만 하겠다.

세상에 덤벼봐라. 내 후배 건드리면 죽는다.

영감의 공간

　송나라의 구양수는 마상(馬上), 침상(枕上), 측상(廁床)에서 가장 많은 영감이 쏟아진다고 했고, 프랑스 물리학자 푸앵카레와 미국 물리학자 캐논도 침대 위를 생각하기 좋은 장소라고 했다. 세계적인 물리학자들은 숲 속이나 풀밭과 같은 자연 속에서 창의적 아이디어가 나온다고 밝히기도 했다. 레오나르도 다빈치는 이탈리아 북부 코모 호수의 가장 아름다운 마을 벨라지오를 종종 찾았다고 한다. 목욕탕에서 부력의 원리를 깨달아 유레카를 외친 아르키메데스처럼 욕조에 앉아 목욕할 때 영감이 떠오른다고 말하는 학자들도 있다. 에디슨은 집 앞 낚시터를, 이태백은 음주를 추천하기도 했다.

MZ가 싫었던 낀세대의 회고

유연하게 사고하기

나보다 약 10년 정도 늦게 사회생활을 시작한, 소위 말해 MZ 라 불리는 세대들에게 편견을 가졌음을 고백한다. 그동안 나는 그들이 매우 까칠할 것이고, 책임감 따윈 없을 것이고, 핵개인화된 집단이라고 생각했었다. 지나치게 선택적인 그들을 지켜보는 게 꽤 힘들었다. 꼰대와 MZ 사이에 제대로 끼어있는 나는 그들과의 관계가 늘 어색했고, 불편했다. 아니, 피할 수 있으면 피하고 싶은 두려운 존재였다.

최근, 유명 기업과 함께 하는 프로젝트에서 수많은 MZ를 만났다. 첫 만남이 어찌나 떨리던지. 내가 추측하고 짐작했던 그런 MZ일까 봐 어찌나 걱정되던지. 내가 그들과 잘 어울릴 수 있을까. 어떻게 하면 좋은 성과를 이룰 수 있을까. 수도 없이 고민하고 고뇌했었다. 그 시간은 매우 괴로웠다.

결론부터 말하면 모든 게 기우였고 오해였다. 그들과 소통하고 교류한 며칠은 반전의 연속이었다. 그동안 나에게 상처만 주었던 MZ가 맞나 싶을 만큼 멋있고 훌륭했다. 소위 MZ세대라 불리는 젊은이들은 매사에 진심이었고, 재치있으며, 적극적이었다. 그들과 동화되기 위해 보냈던 시간은 생각하지 못했던 우여곡절이었지만, 결과적으로는 모두에게 유익했던 의미 깊은 시간이었다.

무엇보다 인상적이었던 건 자기가 하는 일에 높은 자긍심과 책임감을 가진 모습이었다는 것이다. 그들은 누구보다 창의적이고, 공감적이다. 하나의 프로젝트를 수행하기 위해 밤을 지새우는 모습은 그 시절의 나를 보는 듯 애틋했고, 그 과정에서 일어나는 사소하지만 무거운 사건사고를 해결해가는 과정은 믿음직스러웠다. 그렇다. 그들은 특이한 집단이 아니라 특별한 집단이다. 미워했던 걸 사과한다. 미안하다.

MZ와의 협업은 감사하게도 그동안 유연하지 못한 채 경직되고 편협하게 생각했던 스스로를 회고해 볼 수 있는 기회였다. 나는 MZ라는 청춘을, 그러니까 새로운 집단을 오롯이 받아들이는 데 주저함이 많았다. 아니, 받아들일 생각조차 하지 않았던 것 같다. 왜 그랬을까. 이토록 찬란한 그들과 유연하게 지낼 볼 걸. 뛰어난 사람들과 어우러져 살아갈 수 있는 유연성을 키워볼 걸 말이다. 잘 지내는 척이라도 해볼걸 말이다.

인지적 유연성. 즉, 유연하게 생각하는 것은 변화하는 상황에 맞게 자신의 사고, 문제 해결 방식 및 전략을 적응시키는 능력을 말한다. 개방적인 태도, 여러 관점을 고려할 수 있는 능력 및 새로운 아이디어와 방법을 받아들이려는 의지라 할 수 있다. 다시한번 말하지만, 내가 MZ를 쉽게 받아들이지 못했던 건 유연한 사고가 부족했기 때문이다. 그래서 큰 그림을 그릴 수 있는 기회를 여러 번 놓쳤던 거다.

시작이 절반이라 하지 않나. 이제부터라도 열심히 사고의 유연성을 길러보려 한다. 하나씩 차근차근 연습하고, 노력해보면 조금은 나아질테니까. 아니, 그렇게 보이기라도 하겠지.

가장 먼저 노력할 것은 변화를 받아들이는 것. 나는 일상 속에서 빈번하게 발생하는 소소한 변화를 있는 그대로, 그 자체로 흡

수할 것이다. 새로운 취미를 찾는 일에도 주저하지 않을 것이다. 나이 차를 뛰어넘는 건강한 토론과 토의를 할 것이고, 이를 통해 시야를 확장할 것이다. 새로운 아이디어와 경험에 노출되면 인지적 유연성이 향상될 테니까.

명상도 좋다. 마음을 진정시키면 다양한 것이 보이고 들린다. 생각하지 못했던 것이 느껴지고, 인사이트가 될 것이다. 당연히 좋은 생각이 많이 떠오르겠지. 실제로 총 53명(마음챙김 요가집단 12명, 마음챙김 명상집단 13명, 마음챙김 요가명상 혼합집단 14명, 통제집단 14명)의 자료를 분석한 연구 결과, 상담심리사들에게 마음챙김 기반 집단프로그램은 상담자의 자기발달 영역인 마음챙김과 자기수용의 일부를 향상시키며, 자기성찰을 촉진하는 것으로 확인됐다. 불교의 수행법에서 파생된 명상이 사고를 확장시키는 데 유의미하다는 사실이 과학적으로 입증된 것이다. 머리 아플 때, 사고가 유연하지 못하다고 느낄 때, 잠시 일을 멈추고 명상해보는 것도 좋을 것이다.

가장 중요한 건, 피드백이다. 아이디어와 결정에 대한 건설적 피드백을 주도적으로 요청하는 게 선행되어야 한다. 맹목적이지 않은, 아주 건설적인 비판은 생각과 전략을 조절하고 개선하는 데 도움이 될 것이다. 어느 기업의 청년 사업 슬로건을 기억하자. 두려워하지 말고 피드백!

MZ는 IMF도 모르는, 2002 월드컵도 모르는, 아무것도 모르는 집단이 아니다. 그들은 메르스와 코로나, 세월호와 이태원 참사라는 고비를 적극적으로 이겨내 왔기에 더 이상 세상의 도전을 외면하는 집단이 아니다. 그들은 회복력과 준비성을 바탕으로 역경을 적극적으로 극복할 줄 아는 거시적인 시각의 준비된 인재다.

피드백으로 성장하는 다섯 가지 방법

1. 개방적인 마음가짐

피드백을 받을 때 가장 필요한 것은 개방적인 태도다. 개방적인 마음가짐을 갖고 상대방의 의견을 듣고 받아들이기 위해 노력해야 한다. 이렇게 함으로써 우리는 새로운 관점을 얻을 수 있고, 개선할 부분을 파악할 수 있다. 피드백은 우리가 성장하고 발전하기 위한 귀중한 도구라는 것을 기억하고, 개방적인 마음가짐으로 피드백을 환영하면 좋겠다. 피드백 없이는 어떤 아이디어도 나올 수 없다는 걸 기억하자.

2. 비판에 감사하기

피드백은 때로는 비판적일 수 있다. 나의 일에 대한 누군가의 따뜻한 비판은 우리에게 새로운 시각과 배울 점을 제공해 준다. 비판을 받을 때에는 감사의 마음을 갖고, 그 안에서 우리가 개선할 수 있는 부분을 찾아야 한다. 비판을 개선의 기회로 생각하는 것은 우리가 더 나은 결과물을 만들기 위한 중요한 태도라는 것을 명심하자.

3. 질문하기

피드백을 받을 때 궁금한 점이나 더 자세한 설명을 요청해 보자. 피드백은 우리가 더 나은 방향으로 나아갈 수 있는 기회를 제공해 주지만, 그 기회를 제대로 활용하기 위해서는 상대방으로부터 더 많은 정보를 얻어내야 한다. 다시 말해 피드백을 주는 상대방으로부터 추가적인 정보를 얻어내는 것은 우리가 건설적인 기획을 할 수 있는 핵심 요소다. 그러니까 피드백을 받을 때에는 궁금한 점이나 추가적인 설명을 요청하는 것을 주저하지 않고, 상대방과의 소통을 통해 더 나은 결과를 이끌어내자.

4. 감정적인 반응 피하기

피드백을 받을 때에는 비판적인 의견이나 피드백에 대해 방어적인 자세를 취한다면 우리는 긍정적인 방향으로 나아갈 수 없다. 감정적인 반응은 소통과 협력을 방해하고, 피드백을 효과적으로 활용하는 데 지장을 주기 때문이다. 따라서 피드백을 받을 때에는 감정을 잘 조절하고, 비판적인 의견을 받아들이는 자세를 취해야 한다. 이는 상대방과의 관계를 개선하여 효과적인 협업을 이루는

데도 중요하다. 피드백을 받을 때에는 항상 개방적이고 비판적인 의견을 환영하며, 감정적인 반응을 최소화하여 상황을 조금 더 객체적으로 판단할 수 있도록 노력하자.

5. 행동 계획 세우기

피드백을 통해 도출된 개선 사항을 실천하기 위해서는 구체적인 계획을 세우고, 그 계획을 실행에 옮겨야 한다. 좋은 기획은 혼자만의 아이디어로만 만들어지지 않는다. 피드백을 받은 후에는 피드백을 반영하고 개선하기 위해 협력하고 실행해야만 좋은 결과물을 만들어낼 수 있다. 누군가에게 어떠한 피드백을 받은 후에는 항상 행동 계획을 세워서 실행에 옮겨야 한다는 사실을 잊지 말자.

시대의 흐름을 읽고 변화에 대응하라
지금도 시간은 흐른다

번뜩 정신을 차려보니 쌍둥이가 7살이다. 뒤집기도 못 해서 끙끙대던 그 아이가 맞나 싶을 정도로 날아다닌다. 새삼스럽게도 시간이 참 빠르다. 글자도 모르던 까막눈이 어느덧 태블릿 PC를 자유자재로 다룬다. 종이를 건너뛰고 컴퓨터를 패스하고 태블릿 PC라니. 구한말에는 상상도 못 했을 일이 지금 우리 집에서 벌어지고 있다. 시간이 빠른 만큼 세대의 변화도 참 빠르다.

어쩔 수 없다. 피할 수 없다면 인정해야한다. 세상은 점점 더 빠르게 변화하고 있다. 트렌드가 바뀌는 속도는 이전과 비교할 수 없을 만큼 빠르고, 사람들의 생각도 순식간에 변한다. 변화를 맞이하는 것은 쉽지 않다. 어쩌면 두려움과 불안이 따라올 수도 있다. 누군가는 시시각각 다르게 변하는 흐름을 따라잡지 못해 안절부절할 것이고, 누군가에게는 이러한 변화가 기회일지도 모른다.

돌이켜보면 과거의 사람들은 변화를 두려워했던 것 같다. 새로운 것을 받아들이기 전에는 익숙한 것을 고집하곤 했다. 하지만 이제는 그럴 여유조차 없다. 변화에 적극적으로 대응하지 않으면 뒤처지고, 경쟁력을 잃는다. 이러한 빠른 변화에 대응하기 위해서 우리는 어쩔 수 없이 변화에 발맞춰야 한다. 확실한 건 변화와 혁신은 새로움과 성장의 기회를 안겨준다는 것이다. 시대의 흐름에 발맞추면 새로운 아이디어와 창의적인 해결책을 제시할 수 있을 것이다. 다시 말해 우리를 더 나은 미래로 인도할 것이다.

실제 사례를 들여다보자.

기술이 발전하고 사회가 변화함에 따라 산업 간 경계가 모호해지는 빅블러(Big Blur) 현상이 가속화되고 있다. 예를 들어 데이터 관련 기술과 전기자동차 기술 발달로 자동차는 이동 수단에서 서비스 플랫폼으로 진화하며, 관련된 다양한 영역의 기업들이 자동차산업으로 사업영역을 확장했다. 이렇듯 산업 간 경계 변화는 산업구조 및 시장구조에도 영향을 미침으로써, 국가 경제에 대한 이해는 물론 산업정책 효과에도 영향을 미치는 중요한 주제가 됐다.

기업통계등록부의 기업 정보와 KIPRIS Plus의 특허 정보를 연계해 구축한 국내 기업 특허 출원 자료에 기반해 국내 기업들의 혁신 활동 규모를 살펴본 결과 산업 활동 근접성과 혁신 활동 근접성 모두 2015년 이후로 증가하는 추세를 보였으며, 혁신 활동 근접성은 2019년 이후로 증가세가 둔화했지만, 산업 활동 근접성은 2019년 이후로 증가세가 확대된 사실을 확인했다.

기업들의 사업영역 확장이 경제 전체 변화 흐름과 유사한 방향으로 이루어진 것이다. 다시 말해 사회를 구성하는 모든 영역에서 '변화'와 '혁신'은 필수불가결한 요소다.

변화를 받아들이는 것은 용기와 결단력이 필요하다. 함께 변화에 맞서고, 서로를 지지하며 성장해 나가야 한다는 사실을 잊지 말자. 현실 안주에서 빠져나와 자신을 재정비하지 못하면 지금 손에 쥐고 있는 것도 놓쳐버리고 아름다운 미래도 잃게 될 것이다. 과거의 생각에 갇힌 채 새로운 것을 받아들이지 못한다면 더 나은 생각을 창조할 수 없다.

새벽 3시 26분. 지금도 쌍둥이는 크고 있다. 시간은 열심히 달리고 있고, 키보드를 두드리는 내 손가락도 바쁘다. 이 찰나를 어떻게 활용하느냐에 따라 삶이 달라질 것이다. 시대의 흐름을 읽자. 그리고 우리의 생각을 그 흐름에 맞추자. 그래야만 한다.

지식의 저주에 걸린 친구에게

그 친구는 읽지 않았으면…

친구와 대화가 안 된다. 친구는 내 말을 못 알아듣는 것 같고, 나는 친구의 말이 도무지 무슨 의미인지 모르겠다. 도합 12년을 알고 지낸 사람인데도 도통 말이 안 통한다. 만약 우리가 사회에서 만났더라면 서로 극혐 하는 사이가 됐을지도 모른다. 이유가 뭘까. 나는 이 난제를 해결하는 데 꼬박 6년이 걸렸다.

- 회사에서 OOO을 했는데, 결국 반려됐지 뭐야.
- OOO이 뭔데?
- 아니 그것도 몰라?
- 그래, 모른다 왜. 쫌 친절하게 설명해 주면 안 돼?
- 어떻게 설명해야 할지를 모르겠어.

우리의 대화는 늘 이런 식이다. 거의 모든 분야를 두루두루 잘 아는 박학다식한 방송쟁이인 그 친구는 '그것도 모르냐'며 나를 타박하기 일쑤다. 아니, 방송인이 아닌 내가 방송에 대해서 잘 모르는 건 당연한 거 아닌가. 친구의 대화 방식이 이상하다고 느낀 후부터 우리는 시시콜콜한 일상적인 주제 외에는 이야기를 나누지 않았다. 아니, 꺼내지 않았다.

지식의 저주. 특정 주제에 지식이나 전문성을 가진 사람들이 해당 지식을 가지지 않은 다른 사람들에게 그 지식을 전달하려고 시도할 때 겪는 어려움을 가리키는 인지 편향, 인식의 왜곡이다. 그러니까, 사람들은 자기가 알고 있는 지식과 정보를 다른 사람도 알 거라고 생각하는 경향이 있다는 말이다. 그것도 당연하게.

'지식의 저주'라는 말은 1989년 캐머러(Colin Camerer), 로웬스타인(George Loewenstein), 웨버(Martin Weber) 등 3인의 경제학자들이 발표한 유명한 논문 〈The Curse of Knowledge in Economic Settings : An Experimental Analysis〉에서 처음 언급되었다. 이들은 '정보의 비대칭성(information asymmetry)'에 관한 기존 경제학 연구의 관행적 오류를 지적했다. 기존 연구는, 정보가 풍부한 경제주체와 정보가 부족한 경제주체가 거래할 때 전자가 우월적 지위를 갖기 때문에 유리하다는 관점을 유지해 왔다. 그런데 판도가 뒤집혔다. 정보가 풍부한 경제주체가 더 많은 지식 보유로 인해 역설적으로 손해를 볼 수 있다는 주장이 제기된 것이다.

이 현상은 특히 전문가나 오랜 경험을 가진 사람들 사이에서 자주 발생하는데 이로 인해 의사소통 과정에서 오해가 발생하곤 한다. 때로는 그 오해가 아주 큰 갈등을 가져다주기도 한다. 지식의 저주… 꽤 곤란한 심리학 이론이다.

우리는 종종 병원, 법원, 학교 등에서 지식의 저주에 걸린 사람을 만난다. 의사는 '이 정도는 알겠지'라는 생각으로 환자에게 어렵게 설명한다. 판사는 자기가 아는 법률 용어로 형량을 선고한다. 의학적인 지식, 법적 지식이 없는 사람은 이해하기 어렵다.

학교에서도 마찬가지다. 특정 주제에 광범위한 지식을 가진 교수들은 종종 학생들에게 고급 개념과 기술 용어를 사용함으로써 학생들을 무의식적으로 복잡한 상황에 빠뜨린다. 교양 교수님 말씀이 도통 무슨 말인지 이해할 수 없었던 나의 대학 시절이 문득 떠오른다.

그래서 많은 교육 심리학 전문가들은 "효과적인 학습을 유도하기 위해 교육자는 학생들의 사전 지식과 능력을 고려하여 가르침 방법과 자료를 조정해야 한다. 그렇지 않으면 학생들이 좌절하고 관심을 잃을 수 있다."라고 설명한다. 문제는 지식의 저주에 빠진 사람은 자신이 그렇다는 걸 알면서도 쉽게 고쳐지지 않는다는 것이다.

영화배급사들은 상영에 앞서 영화전문가들로 하여금 미리 영화를 관람하도록 하고, 그 결과에 따라 영화등급 및 배급가격을 결정한다고 한다. 영화전문가들은 예술성, 대중성, 상업성, 주인공의 지명도, 감독의 명성 등 다양한 기준에 기초해 영화등급을 매긴다. 그에 따라 어떤 영화는 A등급(高價)으로, 어떤 영화는 C등급(低價)으로 영화관에 배급해 일반 대중에게 상영한다. 그런데 결과적으로 보면 A등급 영화의 배급가격이 적정 수준에 비해 과대평가되고, 반대로 C등급 영화의 배급가격은 과소평가되었음이 드러나곤 한다. 이는 영화전문가들이 자신의 전문적 식견에 매몰됨으로써 영화에 대해 상대적으로 무지한 일반 대중의 눈높이를 제대로 고려하지 못해서 발생하는 전형적인 지식의 저주이다. 천문학적인 투자비를 들인 영화가 종종 흥행에 실패하는 것도 바로 이 때문이다.

지식의 저주와 관련해 인터넷에서 떠도는 재미있는 일화도 있다. 한 상사가 부하 직원에게 "부의 봉투 하나 갖다 달라"고 말했다. 상사의 지시를 받은 부하 직원은 '부의'라는 말이 뭔지 몰라 봉투에 크게 알파벳 'V'자를 써서 책상에 올려놓았다고 한다.

당연히 부하 직원이 '부의'라는 단어를 알 것이라고 생각한 상사의 '지식의 저주'가 만든 해프닝이다.

상대방의 입장에서 생각하는 능력을 키우는 것만이 지식의 저주에서 빠져나올 수 있는 유일한 방법이다. 상호 의사소통과 협력을 개선하며, 갈등을 예방하고 이해관계를 더 강화하는 데 도움이 되는 중요한 기술인데, 다른 사람의 관점을 이해하기 위한 몇 가지 방법을 소개한다.

먼저 다른 사람의 의견을 경청하고 진지하게 들어야 한다. 그들의 말에 주의 깊게 귀 기울이고, 그들이 말한 내용을 이해하려 노력해 보자. 때로는 침묵이 더 효과적인 커뮤니케이션 수단이 될 수도 있다. 침묵하고 경청하자.

상대방의 심리적, 감정적, 혹은 문화적 배경을 고려하는 데 도

움이 될 수 있는 방법은 자신을 그들의 역할에 두고 상황을 그들의 시각에서 생각해 보는 것이다. 즉, 역할놀이다. 서로의 역할을 바꿔서 생각해 봄으로써 '역지사지'를 연습할 수 있다. 사실, 가장 쉽지만 가장 어려운 방법이기도 하다.

다른 사람과의 의사소통에서 자신의 의견, 목표 및 제한사항을 투명하게 전달하는 것 또한 중요하다. 미스퍼셉션을 줄이고 의사소통을 원활하게 만들 수 있다. 나의 것을 내어 주는 것만큼 상대방의 것을 얻을 수 있는 쉬운 방법은 없다.

전문가들이 제시하는 상대방의 입장에서 생각하는 방법은 꽤 많다. 심지어 우리는 그 방법을 알고 있다. 실천하지 못할 뿐. 중요한 것은 노력이다. 과연, 나의 친구는 지식의 저주에서 풀려날 수 있을까.

지식의 저주에 걸리지 않으려면

1. 다양한 의견과 관점을 탐색하라

자신의 지식이나 믿음에 도전하는 다양한 의견이나 시각을 찾아보는 것은 지식의 저주를 극복하는 첫걸음이다. 다른 사람들의 의견을 듣고 이해하려 노력하는 것은 자신의 지식에 대한 새로운 관점을 제공하고, 더 넓은 시야를 갖게 한다. 이 과정에서 자신의 지식이나 믿음에 대한 근거를 다시 한번 확인하고, 필요한 경우 수정해야 한다.

2. 자신의 지식을 검증해 보라

자신이 가진 지식이나 믿음을 실제 데이터, 연구 결과, 신뢰할 수 있는 정보를 통해 검증하는 것은 매우 중요한 과정이다. 사실과 반증을 확인함으로써 자신의 지식이 정확한지, 혹은 업데이트가 필요한지를 알 수 있다. 이 과정은 자신의 지식을 더욱 견고하게 만들고, 지식의 저주에 빠지지 않도록 도와줄 것이다.

3. 미지의 영역에 도전하라

자신이 익숙하지 않거나 잘 알지 못하는 주제나 분야에 대한 탐구는 새로운 지식과 경험을 제공한다. 이는 자신의 한계를 넓히고, 지식의 저주에 빠지지 않기 위한 중요한 방법 중 하나다. 새로운 분야에 대한 호기심을 가지고 지속적으로 학습하는 것은 자신의 지식 범위를 확장시키는 데 도움이 된다.

4. 지속적으로 공부하라

새로운 지식을 습득하고 자신을 계속해서 발전시키기 위한 노력은 지식의 저주를 극복하는 데 있어 핵심적인 요소다. 항상 배우고 성장하기 위한 태도를 가지는 것은 자신의 지식과 경험을 넓히고, 다양한 관점을 이해하는 데 중요하다. 지식의 저주에 빠지지 않기 위해서는 자신이 알고 있는 것에 만족하지 않고, 항상 새로운 것을 배우려는 자세가 필수적이다.

Part 3

비상식적으로 생각하기

획기적인 기획은 좋은 생각에서 출발한다. 그 좋은 생각, 즉 번뜩이는 아이디어는 결코 평범한 것에서 출발하지 않는다. 상식적인 생각에서 생산되지 않는다는 말이다. 생각지도 못했던 곳, 생각지도 못했던 상황에서 출발하는 게 아이디어다. "생각을 바꾸면 인생이 바뀐다"는 말은 단순히 긍정적인 사고방식을 가지라는 의미를 넘어, 비상식적으로 생각하는 것이 어떻게 우리의 삶에 새로운 변화를 가져올 수 있는지를 설명한다. 그러니까 우리는 이제부터 비상식적이어야 한다. 말과 행동은 상식적으로, 생각은 비상식적으로 하자. 몰상식만 아니라면 다 괜찮다.

정치색이 너무 뚜렷한 내 친구에게
친구랑 정치 얘기 금지

정치색이 뚜렷한 친구가 어디서 주워 들었는지 황당무계한 이야기를 했다. 기자로 13년을 살아온 나로썬 도저히 가만히 있을 수가 없었다. 가짜뉴스를 알아보는 디지털리터러시가 전혀 없는 친구를 가르쳐야만 했다. 나의 신념이고, 소신이고, 가치관이었다.

- 그거 가짜뉴스니까 보지 마.
- 이게 왜 가짜뉴스야?
- 누가 봐도 말도 안 되는 찌라시 정보잖아
- 내가 볼 땐 너무 말이 되는데?
- 제대로 확인되지 않은 사실을 짜깁기해 놓은 영상을 보고 그게 진짜라고 믿는 거야?

- 이게 진짜니까!

조회수에 혈안이 돼 양질의 정보보다는 선정적이거나 편향된 정보를 제공하는 유튜버가 하는 말을 믿는 친구가 답답했다. 심지어 그 영상은 사람이 출연하지도 않는다. AI가 대본을 읽어주는데, 오래 듣기에 너무 거북한 이 영상을 친구는 처음부터 끝까지 다 본다. 심지어 광고까지 본다. 얼굴도 모르는 유튜버에게 돈을 갖다 바치는 셈이다. 이러한 채널은 사람이 직접 출연하지 않기 때문에, 정보의 출처와 신뢰성을 판단하기 어렵다. 이는 시청자가 정보를 비판적으로 판단하는 능력을 더 많이 요구한다.

우리나라에서 진행한 한 연구 결과에 따르면, 유튜버의 신뢰성은 소비자의 행동 의도에 영향을 미친다. 유튜버가 제공하는 정보의 질과 신뢰성이 높을수록, 시청자는 그 정보를 더 신뢰하고 긍정적인 행동 변화를 보인다.

조금 오래된 말이지만 '정보의 바다'라는 말이 있다. 현대 사회는 인터넷과 디지털 미디어의 발전으로 수많은 정보를 쉽게 이용할 수 있다. 조금만 손품을 팔면 앉은자리에서 지구 반대편의 정보를 얻을 수 있으니 얼마나 편리하냐는 말이다. 문제는 이러한 편리함 속에 얻은 정보 중에는 신뢰할 수 없거나 편향된 정보다 많다는 것이다. 그래서 우리는 비판적으로 생각하는 힘을 길러야 한다.

정보의 홍수 속에서 신뢰할 수 있는 정보를 선별하는 능력은 매우 중요하다. 비판적 사고는 정보의 출처를 검증하고, 정보의 질을 평가하는 데 필수적인 역량이다. 가짜 뉴스는 사회적 혼란을 야기하고, 잘못된 정보로 인한 피해를 초래할 수 있다. 그래서 가짜 뉴스를 식별하고, 그로 인한 피해를 최소화하기 위해서라도 비판적으로 사고해야 한다.

'디지털 리터러시'를 주제로 강의를 한 적이 있다. 각종 미디어를 통해 쏟아지는 정보 속에서 우리는 어떻게 진짜와 가짜를 구분할 수 있을지를 함께 고민해 보는 시간이었다. 많은 사람들이 다양한 의견을 내주었는데, 솔직히 이제는 뭐가 진짜고 뭐가 가짠지를 알아채는 게 스마트폰을 끊는 것보다 어렵다.

그렇다면 비판적으로 생각할 수 있는 방법은 정녕 없는 걸까. 그럴 리가. 소크라테스, 플라톤, 아리스토텔레스와 같은 철학자들이 이 분야의 기초를 마련해 두었으니 크게 염려하지 않아도 된다. 참으로 대단한 사람들이다.

비판적 사고는 복잡한 정보나 문제를 체계적으로 분해하고, 각 구성 요소를 면밀히 검토하여, 논리적이고 잘 지지되는 결론을 도출하는 과정이다. 다시 말해 어떠한 현상을 비판적으로 바라보기 위해선 세 가지만 잘하면 된다. 분석과 평가와 추론.

복잡한 정보를 관리 가능한 부분으로 나누어 각 부분을 자세히 검토하는 것은 비판적 사고의 첫 단계다. 그리고 문제를 관리 가능한 부분으로 체계적으로 분해하여 각 구성 요소를 자세히 검토하는 작업이 우선시 되어야 한다. 주제를 면밀하게 관찰하고, 깊이 이해함으로써, 비판적으로 생각해 볼 수 있는 기회를 만들어낼 수 있다.

예를 들어, 어떤 정치적 주장을 분석할 때, 그 주장이 기반하고 있는 사실, 가정, 그리고 그 주장이 시사하는 바를 구분해야 한다. 이 과정에서 주장의 구성 요소를 명확히 하고, 각 요소가 어떻게 상호작용하는지 이해하는 것이 중요하다.

그다음, 주장 및 증거의 신뢰성, 신뢰성 및 관련성을 평가한다.

정보의 타당성을 의심해 보는 거다. 여기서 중요한 건 객관적으로 바라봐야 한다. 이 주장이 사실인지 아닌지, 근거가 명확한지 아닌지를, 객관성을 바탕으로 판단한다. 때로는 색안경을 끼고 보는 게 좋다.

분석과 평가를 마쳤다면 이번엔 추론이다. 비판적 사고는 사용 가능한 정보와 증거를 기반으로 논리적이고 잘 지지되는 결론을 도출해 내기 마련이다. 적절한 근거 없이 가정을 하거나 적절한 정당화 없이 결론에 도달하지 않는다. 다시 말해 허무맹랑한 이야기는 검토 단계에서 쓰레기통에 버리면 된다. 검토해 볼 가치가 없는 정보이기 때문이다.

비판적 사고는 정보의 질을 평가하고 의미 있는 결론을 내리는 데 필수적인 역량이다. 개인뿐만 아니라 조직에서도 중요한 가치를 지니며, 비판적 사고 능력을 키우는 것은 더 나은 미래를 위한 투자라 할 수 있다. 그런데 이를 어쩌나. 내 친구는 비판적으로 생각하는 힘을 잃었다. 유튜브가 잘못한 걸까. 친구가 잘못한 걸까.

비판 vs 비평 vs 비난

우리는 종종 남의 일을 비평해주려고 하지만 그것이 결국 비판이나 비난으로 번지곤 한다. 비평과 비판, 비난은 서로 다른 의미와 강도를 가지고 있다. 독이 될지 약이 될지는 전적으로 화자에게 달려있다. 절대 헷갈리지 않았으면 한다.

비평(Criticism)

어떤 작품, 행동, 행위, 상황 등을 분석하고 평가하는 것을 의미한다. 주로 예술 작품, 문학 작품, 연극, 영화 등에 대한 전문적인 평가나 분석을 말한다. 비평은 비교적 객관적이며, 그 작품이나 행동의 강점과 약점을 파악하고 개선점을 제시한다. 비평은 작품의 창작자나 행위자에게 도움을 주는 목적으로 이루어진다.

비판(Critique)

어떤 행동, 결정, 정책 등에 대해 부정적인 평가를 내리는 것을 의미한다. 비판은 주로 실수, 부족한 점, 잘못된 판단 등을 지적하며, 개선이 필요한 부분을 강조한다. 비판은 비교적 더 강렬한 의견을 담고 있을 수 있으며, 문제점을 해결하기 위한 제안이 포함될 수도 있다.

비난(Blame)

주로 부정적인 행동이나 행위자를 비난하고 책임을 물어서 혼란과 문제를 야기한 사람에게 적용되는 단어다. 비난은 비판보다 더 강한 언어와 의도를 가지고 있으며, 잘못된 행동에 대한 비난이나 비난 대상에 대한 공개적인 비난이 포함될 수 있다. 비난은 주로 행동자를 비난하고 심리적인 타격을 주는 것에 초점을 맞춘다.

몰상식 사이에서 상식적으로 생각하기
몰상식이 이기는 지랄 맞은 세상

상식이란 무엇일까? 당신은 상식적인 사람인가? 상식적이지 못한 사람을 본 적이 있는가? 있다면 당신은 그 사람에게 어떻게 대했는가?

우리는 종종 "상식적으로 생각해봐"라는 말을 듣곤 한다. 하지만 정말로 모두가 공유하는 상식이란게 존재는 하는 걸까? 최근 각종 언론을 통해 전해지는 이야기들을 보면, 상식적이지 못한 사람들이 의외로 많다는 사실이 소스라치게 놀랍다. 상식을 벗어난 사고와 행동으로 사람들을 불편하게 하는가 하면, 그 불편이 불행으로 번지기도 한다. 조금만 상식적으로 생각하면 될 일인데, 그 티끌 같은 생각을 채 해내지 못하고 결국 우를 범하고 만다. 그렇다면, 우리는 이러한 상황을 어떻게 바라보아야 할까?

정확하게 기억나는 한 장면이 있다. 좋아하는 카페에서 커피를 마시며 창밖을 바라보고 있었다. 그때였다. 한 남성이 들어왔다. 키가 컸고, 초록색 모자를 썼고, 외제차 키를 한손에 들고 있었다. 그의 목소리는 카페 안의 평화로운 분위기를 한순간에 깨뜨렸다. 커피 한잔 주문하는 목소리가 너무 컸다. 그가 무슨 커피를 마시는지 절대 궁금하지 않은 그 사실을 비자의적으로 알게 됐다. 주변 사람들은 불편한 시선을 주고 받았지만, 그는 아랑곳하지 않았다. 이토록 '상식적이지 못한 사람'을 목격한 그때, 나는 과연 나 자신이 상식적인 사람인지에 대해 생각해봤다.

상식적이지 못한 사람들에 대한 이야기는 어디에서나 찾아볼 수 있다. 하지만 그들을 바라보며, 우리는 단순히 비판만 해서는 안된다. 그들의 행동 뒤에는 어떤 이유가 있을 것이고, 그들 나름의 상식이 있을 것이다. 우리가 공유하는 상식과 그들의 상식이 다를 뿐이다.

그렇다면, 나는 과연 상식적인 사람일까? 이 질문에 대한 답은 아마도 "때때로"일 것이다. 우리 모두는 때로는 상식적으로 행동하고, 때로는 그렇지 못할 때가 있다. 중요한 것은 우리의 행동이 타인에게 어떤 영향을 미치는지를 항상 생각해야 한다는 것이다. 따라서 우리는 항상 상식적으로 행동하려 노력해야 한다. 그리고 그 과정에서 우리 자신을 되돌아보고, 성장해 나가야 한다.

그러고 보니 13년 이상 기자 생활을 하면서 참 많은 인간을 만났다. 저~ 위에 계신 높으신 사람들부터 하루하루를 힘들게 버티며 살아가는 어려우신 분들까지, 수많은 사람들을 취재하면서 인간의 다양한 면모를 확인했다.

'상식선에서 생각하고 행동하자'.

소위 말해 '별별 인간'을 다 만나고 다니면서 유일하게 깨달은 바다. 모든 사람이 인정하는 상식의 범위 내에서 생각하고 행동하면 문제 될 일이 하나 없다. 우리가 일으키는 모든 문제는 상식을 벗어났기 때문에 발생하는 법이다. 사회에서 흔히 통용되는 일상적이고 본질적인 것을 거스르지만 않으면 '눈엣가시'가 되는 일은 거의 없다는 말이다.

한 번은 이런 일이 있었다. 유명 가수를 인터뷰하기로 했다. 그가 워낙 바쁜 탓에 아주 어렵게 인터뷰 약속을 잡았고, 약속 장소에 일찍 도착해 인터뷰를 준비하고 있었다. 약속 10분 전, 급한 약속이 생겨서 늦을 것 같다면서 약속 시간을 늦춰달라는 전화가 왔다. 그의 행동은 상식적이었을까. 비즈니스 미팅에서 이런 일이 발생했다면 상식적으로 용인됐을까.

그런데 더 몰상식한 행동은 그 후에 이어졌다. 결국 우리는 4시간 후에야 만났는데, 인터뷰를 빨리 끝내 달라는 거다. 또 약속이 있단다. '5분만 더 인터뷰 하자'는 나의 말에 그는 고개를 끄덕거렸고, 인터뷰를 이어가고 있던 얼마 후 휴대폰 알람이 울렸다. 5분이 다 된 거였다. 그리고 그는 그렇게 떠났다. 그의 행동은 상식적이었을까. 길어지는 비즈니스 미팅에서 이런 일이 발생했다면 상식적으로 용인됐을까.

상식적이지 못했던 그는 지금, 애석하게도 연예계에서 사라지고 없다. 그를 찾는 사람이 아무도 없다. 슬픈 현실이지만, 어쩌면 당연한 결과이기도 하다. 아무튼 이 연예인은 몰상식했다.

상식적 사고에 대한 근원을 따라가다 보면 결국 고대의 아리스토텔레스에까지 올라가게 된다. 아리스토텔레스는 '프로네시스'라는 개념을 소개했는데, 이는 실용적 지혜 또는 공통적 상식으로 번역할 수 있다. 일상생활에서 올바른 판단과 결정을 내리는 능력, 모든 이에게 통용되는 사회적 규범을 의미한다. 현대에서 말하는 '상식'과 일맥상통하다.

스코틀랜드 철학자인 토마스 리드도 '공통적 상식'이라는 용어를 사용하여 개인이 직접적 경험과 본능적 능력을 기반으로 합리적 판단을 내릴 수 있는 능력을 설명했다. 그러니까 인간은, 아니 학자들은 아주 오래전부터 '상식적으로 생각하기'에 대해 고민하고 연구해 왔다.

수많은 학자들이 '상식'을 연구했음에도 우리 사회는 점점 '몰상식'해지고 있다. 때로는 비상식적이지 못한 게 기가 막힌 아이디어의 원천이 되기도 한다.

비상식적인 생각이 아이디어와 영감에 중요한 영향을 줄 수도 있다. 상식이나 통상적인 사고 패턴에서 벗어나는 새로운 아이디어를 창출하는 데 도움을 준달까. 일반적인 사람에게 비상식적으로 생각하라고 하면 주저할 것이 틀림없다. 온전히 아이디어를 얻기 위한 해동이라면 안전한 영역을 벗어나 리스크를 감수하는 용기가 필요할 것이다. 이는 새로운 시도와 실험을 통해 더 나은 아이디어와 영감을 발견할 수 있는 기회를 제공한다.

다시 말해 비상식적인 생각은 혁신과 변화의 원천이 된다. 새로운 아이디어와 영감은 기존의 상황이나 문제에 대한 새로운 접근법을 제시하고, 발전시키는 데 도움을 준다.

기억하자. 좋은 아이디어를 얻을 수 있는 방법은 비상식적인 행동이 아니라 시각을 비뚤게 보는 사고의 전환이다. 몰상식만 아니라면 괜찮을지도 모른다.

비상식적으로 생각하기

비상식적으로 생각하려면 다양한 경험을 쌓아야 하는데, 우리는 어떠한 경험을 하는 데 있어 주저한다. 모르는 사람들과의 대화는 스스로 차단해 버리고, 가상의 세계에서 긴 수다를 떤다. 타인이 어떤 상황에서 어떻게 말하는지를 배울 기회가 줄어들고 있다는 말이다.

비상식적 사고를 발전시키는 두 번째 방법은 끊임없이 질문을 던지는 것이다. 다시 말해 수시로 '왜?'를 물어보고 탐색해야 한다. 이러한 질문은 더 나은 이해와 판단으로 이끌어주기 마련이다.

지식의 부재는 우리를 생각하지 않게 만드는 가장 큰 이유다. 책, 뉴스, 온라인 강의 및 다른 학습 자원을 활용하여 새로운 정보를 습득해야 하고, 이를 통해 판단력을 향상해야만 상식적이든 비상식적이든 생각이라는 걸 하게 만드는데, 많은 사람들이 이러한 과정을 귀찮아한다. 쉽고 빠른 방법만 추구하면서 생겨난 부작용이라 할 수 있다.

결론적으로, 비상식적으로 생각하려면 경험, 비판적 사고, 다양한 관점 고려, 지식 습득, 객관적 판단, 그리고 지속적인 학습과 성장에 노력을 기울여야 한다. 더 나은 판단과 결정을 내릴 수 있는 능력을 향상시키고, 일상적인 상황에서 더 효과적으로 대처할 수 있도록 말이다. 무엇보다 '몰상식한 인간'으로 낙인찍히지는 않아야 하니까.

리더를 따르지 마라
맹목적인 건 반대일세

이번에도 후배의 이야기다. 전 회사에서 꽤나 크게 마음을 다친 후배는 한참 동안 마음을 챙겼고, 각고 끝에 유명 언론사에 재취업했다. 새 회사에서 잘 적응하는가 싶더니, 오랜만에 연락 와서 하는 말이 마음 아프다.

- 선배, 저희 회사 대표는 참 이상해요.
- 어떻게 이상한데?
- 자기가 듣고 싶은 것만 듣고, 보고 싶은 것만 본달까요. 제 이야기를 들을 생각도 없어요.

후배의 투정에 이렇다 할 해답을 내놓아주지 못했다. 나도 그

러니까. 사람은 대개 자기가 보고 싶은 것만 보고, 듣고 싶은 것만 듣는 경향이 짙다. 나만 그럴까. 우리 엄마도, 동생도, 남편도, 두 아들도, 이 글을 읽고 있는 당신도, 사람은 다 비슷하다.

리더십은 조직을 성공으로 이끄는 핵심 능력 중 하나다. 그러나 리더는 때로 지식의 저주에 걸려있기도 하고, 나 홀로 칵테일파티 중일 수도 있다. 지식의 저주는 리더가 지식을 많이 습득하면서 발생하는 현상으로, 지식의 양이 증가할수록 의사결정에 어려움을 겪고, 자신의 의견을 과신하거나 다른 의견을 간과하는 경향이 생기는 현상이다. 무슨 말인지 모르겠으면 몇 장만 앞으로 넘겨보자.

현대인에게 자주 발생하는 심리적 요소가 칵테일파티 효과다. 칵테일파티처럼 여러 사람의 목소리와 잡음이 많은 상황에서도 본인이 흥미를 갖는 이야기는 선택적으로 들을 수 있는 현상으로 인지과학자 콜린 체리(Colin Cherry)에 의해 알려지게 됐다. 그는 1953년 영국 왕립 런던 대학에 근무하던 중 독특한 실험을 했다.

1. 피험자들에게 헤드폰을 나눠 주고, 같은 목소리가 서로 다른 두 가지의 내용을 말하는 것을 양쪽 귀로 동시에 듣게 했고,

2. 두 번째 실험에서는 한 가지 내용을 오른쪽 귀로만, 다른 한 가지 내용은 왼쪽 귀로만 듣게 했다. 피험자들은 한 가지 내용에 집중하다가 들은 내용을 말로 반복한 후 주요 내용을 종이에 적었다.

실험 결과, 그들은 두 가지 내용을 양쪽 귀로 동시에 들을 때도 자신이 듣고자 하는 이야기를 구별할 수 있었고, 관심 없는 이야기에는 집중하지 않았다. 다시 말해서 인간은 누구나 자기가 듣고 싶은 말에 선택적으로 집중한다는 의미다. 당신 회사의 리더가 꼭 그렇지 않나.

칵테일파티 효과의 대표적 사례는 층간 소음 문제다. 층간 소음 문제가 심각해지면 이웃 간의 사이가 나빠질 뿐만 아니라 폭력과 살인으로 이어지기도 한다. 그런데 층간 소음 실태를 조사해 보면 고통을 호소하는 피해자의 말과는 달리 엄청난 소음이 아닌 경우도 있다. 이는 소음이 주는 스트레스가 사람마다 달리 적용되기 때문이다. 층간 소음이 한 번 스트레스로 각인되면 아주 작은 소리도 크게 들린다.

때로는 상대방의 행동을 선택적으로 받아들이기도 한다. 열등감이 심하거나 피해의식이 깊은 사람들은 다른 사람들이 무의식적으로 하는 행동에도 상처를 받기 쉽다. 자신의 논리에 맞춰서 생각하기 때문에 타인의 행동을 오해하거나 진실을 보려 하지 않는다. 상대방이 특정단어를 사용해서 말했을 때 열등감이 심한 사람들은 자신을 험담하는 것이라고 착각하기 때문이다. 리더를 맹목적으로 따르지 말아야 하는 이유다.

단, 전제가 있다. 리더는 나보다 많은 사회생활과 경험을 통해 내공과 노하우를 쌓아온 입전지적인 인물이다. 성품이 못났을지언정, 소통 능력이 부족할지언정, 나보다 이미 많은 경험을 했다는 사실만큼은 인정해야 한다. 아무리 수학적 재능이 뛰어나다고 해도 수학의 규칙을 모른다면 수학에 공헌할 수 없다. 리더가 리더일 수 있었던 데는 다 이유가 있었다.

어떤 역량을 가진 리더가 존재하느냐에 따라 조직의 색깔이 달라지고 성과가 달라진다. 진취적인 리더의 밑에서 일하면 공격적으로 업무 하게 되고, 차분한 리더와 함께 하면 업무 방식 역시 수동적일 수밖에 없다. 어떤 리더를 만나느냐는 우리의 사회생활이 어떤 빛으로 물들지를 결정하는 중요한 요소다.

만약 당신이 지식의 저주에 걸린 채 칵테일 파티 중인 리더와 갈등 중이라면 그 해결 방법은 '소통' 뿐이라는 사실을 기억하자.

칵테일파티 효과가 낳은 결과

1. 마케터의 전략

이메일을 확인할 때, 고객의 이름을 넣어 작성한 메일 제목에
먼저 눈이 가기 마련이다. '○○○ 고객님에게만 특별히 드리는
혜택!'과 같은 문구는 메일을 열어볼 확률을 높이고, 해당사이트
의 매출로 이어지게 만든다. 또 수많은 온라인 사이트들은 특정
키워드를 강조하여, 즉 키워드 마케팅으로 소비자를 현혹하는데,
이는 소비자들의 방문을 유도하여 이익을 창출하는 방식이다.

2. 왜 보지 못했을까

검은 셔츠를 입은 세 사람과 흰 셔츠를 입은 세 사람이 공을 주
고받는 영상을 실험 참가자들에게 보여주면서 검은 셔츠를 입은
사람이 공을 패스하는 횟수를 셀 것을 요청했다. 영상 속에서는
공을 주고받는 이들 사이에 우산을 쓴 여자가 지나갔지만 실험 참
가자들은 이 여자를 인지하지 못했다.

과거에 집착하자
나은 미래를 위한 지름길이다

나는 조금 특이한 과거가 있다. 아니, 참 많다. 이별도 꽤(?) 했고, 그 과정에서 많이 아파도 봤다. 기자라는 직업을 가장 오래 하긴 했지만, 한때는 유튜버였고, 또 한때는 온라인 쇼핑몰 사장님이었다. 꽤 많은 구독자를 모아서 온갖 댓글을 읽어도 봤고, 꽤 맛있는 소문한 고기를 팔아서 짭짤한 수익을 거두기도 했었다. 일이 좋기도 했지만, 한 달에 한 번씩 통장에 잠시 들러주는 그분이 더 좋았던 것 같다.

많은 사람들이 사람의 과거와 현재는 별로 중요하지 않다고 말한다. 앞으로 어떤 일을 하고 어떤 성과를 거둘 것인가 하는 게 더 중요하다는 의미다. 그런데 나는 생각이 다르다. 앞으로 나아가는 것도 좋지만 때로는 과거를 돌아보면서 스스로를 회고해야 한다고 생각한다. 지난 시간이 켜켜이 쌓여 지금의 내가 되었을 것인데, 그 시간들을 중요하지 않게 여기는 건 나의 지금을 부인하는 것과 마찬가지가 아닐까.

스페인 태생의 미국 철학자 조지 산타야나는 "과거를 되돌아보는 것은 우리에게 지혜를 제공한다. 우리는 과거의 성공과 실패를 분석하고, 경험에서 배운 교훈을 찾아야 한다. 이를 통해 우리는 더 나은 결정을 내릴 수 있고, 비슷한 상황에서 더 나은 결과를 이끌어 낼 수 있다"라고 말했다. 다시 말해 내공과 노하우는 경험에서 비롯될 뿐 그 외에 어떠한 것도 도움을 줄 수 없다.

다만, 과거를 들여다보는 방식이 중요하다. 그 안에 갇혀 앞으로 나아가지 못하는 건 별로다. 배울 건 배우고, 버릴 건 버릴 줄 아는 용기와 결단이 필요하다. 실패와 실수를 통해 우리는 더 나은 방향을 찾을 수 있고, 새로운 아이디어를 발견할 수 있다. 가장 나쁜 건 두려움이다. 실패에 대한 두려움, 비난에 대한 두려움 등 우리를 둘러싼 수많은 두려움을 극복해야 한다.

스코틀랜드 불운의 왕자 로버트 브루스는 "과거의 실수에 집착하고 자책하는 것은 성장을 방해한다. 과거는 우리가 어떻게 행동할지에 대한 교훈을 제공할 뿐, 우리의 현재와 미래를 규정하지는 않는다. 우리는 과거를 받아들이고, 거기서 얻은 교훈을 가지고 앞으로 나아가야 한다"고 말했다. 아마도 자신의 경험을 바탕으로 한 명언일 것이다.

과거의 실수나 실패를 바탕으로 완전히 새로운 무언가를 실행해 보는 방법에 대해서 조금 더 구체적으로 이야기해보겠다.

과거의 실수나 실패를 되짚어보고, 그 원인과 결과를 분석해 보자. 어떤 점에서 잘못되었는지, 어떤 부분을 개선할 수 있는지를 생각해 보면서 새로운 아이디어를 도출할 수 있다. 자신의 잘못을 완벽하게 받아들이는 게 쉽지는 않을 것이다. 수천번, 수만 번의 마음 챙김이 있어야 가능할 것이다.

실패나 실수를 기반으로 새로운 시도를 해보자. 이전에 실패한 접근법을 수정하거나 다른 방식으로 접근해 보면 좋다. 그리고 그 과정에서의 자기 성장에 집중하자. 새로운 아이디어는 자기 자신을 성장시키고 개발하는 과정에서 자연스럽게 나타날 수 있다.

다시 말해 지나온 나의 모든 시간은 내가 지금 이 시간을 살고 있는 거름이고, 자산이다. '내가 왜 그랬을까' 자책하지 말자. 나를 다그치고 후회하는 시간도 아깝지 않나. 이제부터 우리는 자신의 과거에 집착해야 한다. 이를 통해 통찰력을 얻을 것이다.

고정관념을 마주할 용기

그리고 상처받지 않을 용기

"자기 자신을 일정한 틀에 고정시키는 바람에 스스로의 한계를 용감하게 뛰어넘지 못하는 사람들이 있다. 스스로 자신의 내부와 외부에 제약을 만들기 때문이다. 만일 당신이 지금보다 더 성장하고 싶다면, 의식적으로 길들여진 습관과 사고방식을 과감히 극복해야 한다. 그러면 당신이 생각하는 이상으로 성장할 수 있을 것이다."

몇 년 전이었다. 우연히 도서관에서 만난 새 책의 일부다. 멋진 말 같아서 휴대폰에 저장해 두고 읽고 또 읽었다. 내가 지금의 한계를 뛰어넘지 못하는 건 결국 내 안에 자리잡고 있는 고정관념 때문이라는 의미의 몇 문장은 나를 앞으로 나아가게 하는 동력이었다. 자기를 뛰어넘을 수 있는 건 결국 자기뿐이니까.

아무런 교육이나 노력 없이 어느날 갑자기 자신의 고정관념을 타파하고 새롭고 창의적인 아이디어를 만드는 것은 사실상 거의 불가능하다. 그러나 세상의 수많은 전문가가 내놓은 다양한 방법이 있지 않은가. 우리는 지속적인 학습과 교육을 통해 고정관념에서 벗어나야만 한다.

고정관념에서 벗어나야 하는 이유는 다양한 이점과 장점을 가지고 있다. 고정관념은 우리가 과거의 경험과 지식에 기반하여 판단하고 행동하는 것을 말한다. 습관이 무섭다고 말하는 이유다.

실제로 어떤 경영자는 신입사원을 채용하는 면접을 할 때 같이 식사를 하며 수프를 먹는 모습을 지켜봤다고 한다. 수프를 맛보기 전에 소금부터 뿌리는 사람은 탈락시켰는데, 수프의 맛을 보지도 않고 소금부터 치는 사람은 어떤 일이나 상황에 대해 알지도 못한 채 고정된 관념으로 섣부르게 판단하는 사람으로 보았기 때문이다.

오래된 습관이나 고정관념은 새로운 아이디어나 관점을 받아들이기 어렵게 만들 수 있다. 우리가 특정한 틀 안에서 생각하고 행동하도록 한다. 이는 새로운 가능성을 탐색하거나 문제를 다른 각도에서 접근하는 것을 방해할 수 있다. 따라서 고정관념에서 벗어나면 더 다양한 선택지를 고려하고 문제를 해결할 수 있다.

또 고정관념에서 벗어나는 것은 성장과 개발에 도움을 줄 수 있다. 새로운 아이디어나 관점을 받아들이면 우리는 새로운 지식과 경험을 얻을 수 있다. 이는 우리의 역량을 향상시키고 새로운 도전에 대처하는 데 도움이 된다. 무엇보다 다양한 사람들과의 소통과 협업을 위해서는 고정관념을 벗어나야 한다. 다양한 배경과 관점을 가진 사람들과 소통하면서 우는 더 넓은 시야를 가질 수 있고 협력적인 관계를 구축할 수 있다.

다시 말해 전문가들은 고정관념에서 벗어나야만 창의적인 아이디어를 도출하고 혁신적으로 문제를 해결할 수 있다고 말한다. 그래서 더더욱 자신의 고정관념을 정면으로 마주할 필요가 있다. 지피지기면 백전백승이니까.

고정관념은 편견과 다르다. 고정관념은 더 이상 잘못되거나 수정될 필요가 있는 심리적 작용이 아니라는 의미다. 학벌 없는 링

컨은 미국에서 가장 존경받는 대통령이 됐다. 어떻게? 자신의 학력 콤플렉스, 즉 학력에 대한 국민의 고정관념을 흑인 노예에 대한 애정으로 아름답게 승화시켰다. 고객에 대한 고정관념을 가진 종업원이 더 친절하다는 연구 결과도 있다. 자신에게 겸손하고 성찰하는 마음을 주어 오히려 고객 서비스 태도가 더 긍정적인 방향으로 작용했기 때문이다.

미국의 심리학자 앨버트 로젠버그는 자기가 제시한 85개의 단어의 반의어를 얼마나 제시할 수 있는지를 통해 창의력을 테스트했다. 7개 이상이면 로젠버그가 말하는 창의적 집단에 속한다. 과연 우리는 몇 개나 반의어를 제시할 수 있을까. 반대말을 몇 개 떠올렸는지는 중요하지 않다. 로젠버그는 계속해서 반대 관념에 마음을 열어야 한다는 점이 중요하다고 강조했다. 마음을 열고 바로 눈앞에 놓인 것을 밀쳐 벌 때 답이 보일 것이다.

고정관념을 역이용해보자.

우리가 고정관념을 가진 사람이라는 사실을 인정하고 인지적 노력을 기울여 긍정적 신념을 가질 수 있도록 해야 한다. 흑인에 대한 긍정적 신념을 떠올리려 애써 노력하여 흑인에 대해 자동적으로 떠올려지는 부정적 연상을 극복했던 연구처럼 말이다.

자신의 감정과 사실을 명확하게 구분하는 게 우선이다. 감정적인 반응이나 편견이 없이 사실에 집중하면서 상황을 분석해야 한다. 그리고 자신을 제삼자의 입장에서 바라보는 연습을 해보자. 주관적인 시각에서 벗어나고 객관적인 판단을 할 수 있을 것이다. 무엇보다 자신의 문제 해결 방식을 다양하게 변화시켜 보는 것이 중요하다. 다른 시각이나 접근 방식을 적용해 보고, 자신의 생각에 대해 다른 가능성을 고려해 보는 게 좋다.

일상적인 패턴을 깨고 새로운 경험을 즐겨보면 좋다. 그 과정에서 이전에 내가 했던 행동과 경험, 생각 등이 관념 속에 사로잡혀 있었음을 알 수 있다. 예를 들어, 다른 국가를 여행하거나 새로운 스포츠나 취미를 배우면서 '이 나라에 대한 나의 생각이 고정관념이었구나'를 몸소 깨닫게 될 것이다.

못 할 게 없다. 안 하니까 못하는 것이다. 아이디어는 내 안의 고정관념이 무엇인지를 정면으로 마주하고, 그것을 긍정적인 방향으로 끌고 갈 수 있는 방법을 모색하는 데서 출발한다.

아이디어에 대한 과거의 고정관념들

찰스 두엘 - 미국의 전 특허청장

"발명될 만한 것들은 이미 다 발명되었다"

섹스투스 율리우스 프론티누스 – 로마의 공학자

"발명은 오래전에 한계에 도달했고, 더 이상의 발전은 전혀 가망
이 없어 보인다."

1939년 <뉴욕타임즈>

"텔레비전은 라디오의 경쟁 상대가 안된다"

로버트 밀리칸 – 1923년 노벨물리학상 수상자

"사람이 원자의 힘을 끌어내는 것은 거의 불가능하다"

대릴 자누크 – 폭스의 초창기 제작자

"더 이상 텔레비전은 팔리지 않을 것이다"

1945년에 나온 영어사전

"우라늄은 아무 쓸모없는 희고 무거운 금속이다"

이 모든 명언은 이미 오래전 실언이 됐다.

왜?

어떤 이가 정면 돌파했기 때문에.

제발 일 하지 마라

열심히 놀아라

대한민국이 낳은 세계의 축구선수 손흥민의 아버지는 아들에게 "필드에서 축구하지 말고 놀아라"라고 가르쳤다고 한다. 자기가 좋아하는 것을 '일'이 아닌 '놀이'로 여겨지게끔 교육했고, 그 결과 지금의 손흥민 선수가 탄생했다.

비슷한 일화는 또 있다. 오늘날까지 최고의 발명가로 꼽히는 토마스 에디슨은 이렇게 말했다.

"나는 일생 동안 단 하루도 일하지 않았다. 모든 것이 놀이였을 뿐이다"

회사를 일터라고 생각하지 마라. 나의 능력을, 역량을 쏟아낼 수 있는 놀이터라고 생각하라. 좋은 생각이 절로 나올 것이다.

Part 4

구조적으로 생각하기

우리의 삶은 끊임없이 변화하고, 그 속에서 우리는 수많은 결정을 내려야 한다. 때로는 이 결정들이 우리의 미래를 크게 좌우하기도 한다. 어떠한 결단이 필요한 순간에 가장 유용한 사고 방식은 구조적 사고다. 문제를 최소 단위로 나누고, 중복을 제거하면 생산성을 높일 수 있다. 최적의 순서와 알고리즘을 찾아 단계를 최소화하는 것이 핵심이다. 우리가 매일 마주하는 작은 결정부터 인생을 바꿀 수 있는 큰 결정까지, 구조적으로 사고하는 습관을 기르면 더욱 현명하고 효율적인 선택을 할 수 있게 될 것이다.

기자가 원고 폭탄 속에서 살아남는 법
나 정말 죽을 뻔했다

하….

오늘은 한숨을 열다섯 번 쉬었다. 한숨이 아니라 열다섯숨이다. 원고를 두 개나 마감했는데, 앞으로 클리어 해야 하는 원고가 다섯 개나 더 남았다. 내가 어떤 기사를 쓰고 있는지도 헷갈릴 지경이다. 잘 나가는 프리랜서 기자라고 심심한 자기 위안을 해본다.

이렇게 다른 듯 닮은 글을 쏟아내야 하는 시기가 오면 구조적으로 사고해야 하는 방법을 알아야겠다는 생각이 더더더더더더더든다. 써야 하는 글과 쓰고 싶은 글의 차이, 사람들이 좋아하는 글과 내가 좋아하는 글의 차이를 정확하게 알고, 그 중간 어딘가에서 끄적거리기 위해서라도 꼭 필요하다.

복잡한 생각과 감정의 얽힌 그물을 풀어내는 가장 강력한 방법은 바로 구조적으로 생각하기다. 존재의 혼돈을 이해의 조화로 변화시키는 데 탁월한 기술이기 때문이다. 어쩌면 예술일지도 모른다.

좋다. 다 좋다. 구조적으로 사고하는 거, 그래 진짜 좋다. 그럼 어떤 스킬을 활용해야 구조적으로 생각할 수 있을까. 몇 가지만 알면 어렵지 않다. 기자로 살면서 터득한 나만의 스킬 몇가지를 고민 끝에 공유하겠다.

구조적 사고의 핵심은 문제나 상황을 더 작은 부분으로 분해하는 것이다. 큰 문제를 작게, 관리 가능한 부분으로 나누면 해결하기 쉽다. 여기서 중요한 건 잘게 쪼개는 과정에서 내가 할 수 없는 '불가능의 영역'이 드러났을 때 과감하게 삭제할 수 있는 결단력이 필요하다는 거다.

다음은 나의 사례다.

옆자리 선배가 몇일 째 자리를 비우더니 나에게 문자 메시지를 보내왔다. 정중한 어조가 물씬 느껴지는 몇 개의 글자였다.

'예지 기자. 나 퇴사했어. 내 서랍에 있는 사표를 부장에게 전달 좀 부탁해'

이게 뭔소리지? 왜 자기의 사표를 나한테 전해다라는 거지? 이런 무책임하고 예의 없는 똥 매너는 뭐란 말인가... 라는 생각이 끝나기도 전에 나는 그의 자리로 향했다. 펜을 꾹꾹 눌러 담은 티가 물씬 풍기는 사표를 집어 들었다. 그리고 나는 생각했다.

첫 번째. 이 상황을 사수에게 보고한다.
두 번째. 인사팀에 사직 절차를 확인한다.
세 번째. 부장에게 사표를 전달한다.
네 번째. 퇴사한 선배에게 연락한다.

이 중에 나는 내가 할 수 없을 것 같다고 느껴지는 세 번째 임무를 과감하게 사수에게 토스했다. 부장에게 사표를 전달하는 전달책 역할은 내가 할 수 없을 것 같았기 때문이다. 어떻게 말하면서 전달해야 할지를 고민하는 그 시간을 아끼기로 한 것이다.

선택과 집중. 어떠한 일을 할 때 가장 중요한 것, 할 수 있는 것에 몰입해야만 능률이 올라가는 건 당연하다. 선배와 사수 사이에서 발생한 위 사례는 흔한 일은 아니다. 그러나 조직 내에서 어떠한 업무를 수행할 때는 꼭 필요한 능력이 바로 '선택과 집중, 그리고 몰입'이다.

유사한 문제나 상황에서 발생하는 패턴을 인식하는 능력은 구조적 사고에 중요한 핵심 스킬이다. 반복적으로, 비슷하게 발생하는 패턴을 파악하면 그 문제를 구조화하는 게 한층 쉬워질 것이다.

가지고 있는 정보나 개념을 정리하고 계층화하여 더 명확하게 이해할 수 있도록 하는 것도 좋다. 상호 중복되지 않으면서, 합하면 전체가 되도록 하는 MECE(Mutually Exclusive Collectively Exhaustive)의 관점에서 계층화하면 더욱 좋다. 그리고 이렇게 발견한 계층을 다양한 도구를 활용해 나열해 보도록 하자. 다행스럽게도 로직트리, 벤다이어그램, 만다라트, 마인드맵 등 우리가 활용할 수 있는 도구는 상당히 많다.

확실한 건, 구조적 사고 능력이 강화되면 다양한 문제를 보다 수월하게 해결할 수 있고, 새로운 아이디어를 쏟아낼 수 있다.

나는 "어떻게 하면 글을 잘 쓸 수 있느냐"라고 묻는 사람에게 "책을 많이 읽으라"라고 조언하지 않는다. 다독은 지식과 정보의 양을 확대할 수 있지만 글빨을 향상시키지는 못한다. 구조적으로 생각하는 게 우선이다.

MECE (Mutually Exclusive, Collectively Exhaustive)는 세계적인 마케팅 회사인 매킨지에서 처음 도입한 기업으로 프레임워크와 문제 해결 방법으로 사용되는 개념이다. MECE는 상호 배타적이면서 모든 가능성을 아우르는 분류를 의미한다. 이는 정보를 체계적이고 구조화된 방식으로 정리하여 복잡한 문제를 해결하는 데 도움이 된다. 이를테면 '겹치지 않으면서 빠짐없이 나눈 것'이라 할 수 있다. 영어권에서는 '미씨'라고 읽는다.

사람을 예로 들면, '나이'에 의한 분류는 어떤 사람이 20세이기도 하고 21세이기도 한 경우는 없기 때문에, 모든 사람을 OO세라는 집단으로 나누는 것은 MECE인 경우이다. 한편, '직업'에 의한 분류는 겸업을 하는 사람도 있기 때문에 MECE가 아니다.

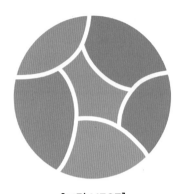

[그림 MECE]

Converted to SVG by Oleg Alexandrov 03:28, 28 July 2007

서로 중복되지 않도록 배타적이면서 전체를 모아 놓았을 때는
누락이 되지 않은 것

로직트리는 MECE 원칙을 활용하여 문제를 해결하기 위해 사용되는 그래픽 도구다. 로직트리는 문제를 세분화하고, 분류하며, 다양한 해결책을 도출하기 위해 사용된다. 예를 들어, 회사의 이익을 증가시키는 방법을 찾기 위해 로직트리를 사용할 수 있다. 이때, 이익을 증가시키는 여러 가지 요소를 상호 연결되는 로직트리로 표현할 수 있다. 이를 통해 문제를 논리적으로 해결하고, 다양한 해결책을 고려할 수 있다.

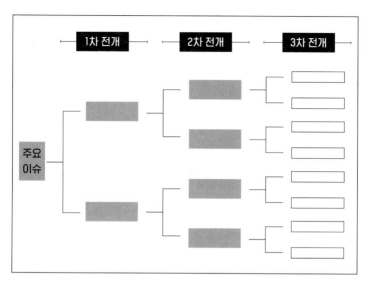

[그림 로직트리]

브레인스토밍은 창의적인 아이디어를 도출하기 위해 그룹으로 문제를 해결하는 기법이다. 브레인스토밍은 자유로운 사고를 장려하고, 아이디어의 다양성을 증진시킨다. 이는 문제 해결에 필요한 다양한 시각과 아이디어를 얻을 수 있는 장점이 있다. 브레인스토밍은 그룹 멤버들이 자유롭게 아이디어를 제시하고, 아이디어를 조합하거나 발전시킬 수 있다. 이를 통해 문제의 원인을 파악하고, 새로운 해결책을 찾을 수 있다.

[브레인스토밍]

만다라트는 브레인스토밍 기법 중 하나로, 문제 해결과 창의적 사고를 도모하기 위해 사용된다. 만다라트는 문제를 중심에 두고 그 주제와 관련된 다양한 아이디어를 시각적으로 구성한다. 만다라트는 네 개의 사분면으로 구성되며, 각 사분면은 서로 다른 관점이나 아이디어를 나타낸다. 예를 들어, 제품 개발에 대한 만다라트를 작성한다면, 기능, 디자인, 가격, 마케팅 등을 사분면으로 나누고, 각각의 사분면에 관련된 아이디어를 기록할 수 있다.

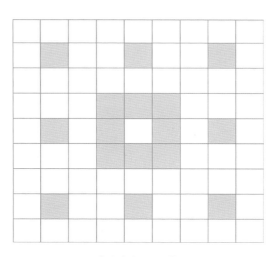

[만다라트 그림]

위에 소개한 개념들은 문제 해결과 아이디어 도출에 유용하게 활용될 수 있다. MECE는 문제를 체계적으로 분류하고 해결책을 도출하는 데 도움이 되며, 로직트리는 문제를 시각화하여 구조화된 방식으로 해결할 수 있도록 도와준다. 만다라트와 브레인스토밍은 창의적인 아이디어를 도출하기 위해 활용되며, 다양한 관점과 아이디어를 고려할 수 있게 해 준다.

수많은 원고를 짧은 시간에 쏟아낼 수 있는 비결은 구조적인 사고가 가능하기 때문이다. MECE로 분류하고 로직트리로 구성하면 글이 가야 할 방향이 정해진다. 브레인스토밍으로 아이디어를 쏟아내고 만다라트로 항목을 나누면 썼던 글을 또 쓰는 불상사를 줄일 수 있다.

기자만 구조적인 사고가 가능한 건 아니다. 거듭 말하지만 나는 원래 구조적이지도 창의적이지도 않았다. 당신도 충분히 가능하다.

mr.애매모호 씨에게

명확하게 생각하기

지난여름, 클라이언트와의 미팅이었다. 전화로만 업무를 진행하다가 처음으로 대면하는 날이었다. 클라이언트는 남자였고, 40대 중반이었고, 정장보다 캐주얼룩을 즐겨 입는 것 같았다.

- 안녕하세요~ 처음 뵙겠습니다.

원래도 내가 잘 사는 편이긴 하지만, 전날의 사건(?)때문에라도 계산을 내가 해야 하는 상황이었다.

- 음료는 뭘로 하시겠어요?
- …

한참을 기다려도 제대로 고르지 못하는 그를 보면서 답답했다. 답답하다고 생각할 때쯤 그가 입을 열었다.

- 커피요.

명확하다라는 말은 명백하고 확실하다는 뜻의 형용사다. 그렇다면 우리 주위에 명확하게 생각하고 이야기할 수 있는 사람이 몇이나 될까. 대다수의 사람들이 이 남자 클라이언트처럼 애매모호하게 말하고 생각한다. 요즘 세상에 커피라니. 아메리카노인지, 아이스인지, 샷 추가인지 명확하게 알려주지 않는 사람이 태반이다. 꼭 커피를 마셔야 하는 뚜렷한 목적과 목표가 없기 때문이다.

패션 디자인 교육자를 대상으로 시행한 한 연구에서 명확한 과업 수행의 목표와 그에 필요한 정보 제공이 창의성 교육프로그램 개발에 효과적이라는 결과를 도출해 냈다. 교과에서 다뤄야 할 '내용'은 물론, 교과의 '목표', '교수·학습의 원리와 과정' 및 '성취기준'을 이해하고, 교수·학습이 실행되는 제반 여건을 유기적으로 고려해 명확한 목표 의식을 가진 교육자가 더 수준 높은 아이디어를 제시한다는 거였다.

또 다른 연구에서는 모호한 역할부여가 명확한 업무목표의 상실로 종업원들의 조직몰입에 악영향을 미친다고 발표했다. 추상적이며 복잡해지는 과업의 특성, 여러 팀들에서의 업무수행, 여러 관리자들에 대한 업무보고로 인해 역할명확성이 떨어지고 있다는 말이다. 업무에 대한 지나친 요구가 직업적 스트레스를 가져올 수 있지만, 부여된 역할에 대한 모호함도 마찬가지로 심리적인 불편을 초래할 수 있다.

다시 말해 역할 명확성은 창의성 발휘에 있어서 중요한 선행요인이다. 역할의 규정은 종업원들에게 방향을 제시하며 그들의 업무를 성공적으로 수행할 수 있는 능력에 긍정적인 영향을 미친다. 조직구성원들이 창의성을 발휘하기 위해서는 성공적인 직무수행에 요구되는 역할이 무엇인지를 정확하게 인지하고 있어야 한다. 즉, 조직구성원들이 그들의 직무상의 역할을 명확하게 인지할 때, 직무수행에 필요한 아이디어, 의견, 업무개선 등을 창의적으로 실현할 수 있다. 종업원들로부터의 창의적인 아이디어는 조직으로 하여금 조직의 성공과 경쟁우위에 결정적인 혁신적인 제품, 서비스, 또는 과정을 개발하도록 만든다(George & Zhou, 2001).

하버드 대학교 학생을 대상으로 시행한 연구에서도 유의미한 결과가 나왔다. 명확하고 장기적인 목표가 있었던 3%는 25년 동안 한 방향으로 노력했고, 대부분 사회적으로 성공한 사람이 되었다. 기업의 사장 또는 사회의 엘리트가 되었다. 명확하고 단기적인 목표가 있었던 10%는 단기적인 목표를 하나하나 실현해 각 분야의 전문가가 되었고, 사회의 중산층이 되었다. 목표가 불분명했던 60%는 특별한 성과 없이 평범한 생활을 하고 있었으며, 중하위층이었다. 목표가 아예 없었던 27%는 삶이 뜻대로 되지 않아 남과 사회를 원망하며 살고 있었다.

목표가 없으면 성공할 수 없다. 목표가 없으면 나아가면서 계속 방황하게 되고, 그 어디로도 가지 못한다. 명확한 목표가 있어야 앞으로 나아갈 원동력을 얻을 수 있다.

목표가 불분명하거나 너무 많은 건 옳지 않다. 사람의 정력과 지식은 유한하기 때문에, 목표가 너무 많으면 고군분투해도 이렇다 할 성과를 내지 못한다. 목표가 하나일 때 정신을 집중하고 매진할 수 있다. 목표가 많다는 건 목표가 없다는 것과 같고, 명확한 목표가 없다는 건 목표의 지향점이 없다는 것과 같다. 아이디어도 마찬가지이다. 아이디어를 더욱 공고히 하기 위해서라도 명확하게 생각할 필요가 있다. 명확한 사고는 아이디어를 정확하게 이해하고 분석하는 데 도움을 주며, 아이디어의 잠재적인 가치와 구체적인 구현 방안을 평가할 수 있게 해 준다. 그렇기 때문에 명확한 사고는 아이디어의 품질과 성공 가능성에 직결된다.

명확하게 생각하기 위한 방법은 다양한 접근법과 도구를 활용할 수 있다.

첫째, 문제의 명확한 정의와 목표 설정이다. 문제를 명확하게 이해하고 해결하고자 하는 목표를 설정하는 것은 아이디어 도출의 출발점이다. 이를 위해 문제를 분석하고 관련 정보를 수집하는 과정이 필요하다.

둘째, 다양한 관점에서 문제를 바라보아야 한다. 예를 들어, 디자인 사고 방법론 중 하나인 "융합적 사고"는 다양한 관점과 분야의 아이디어를 결합하여 창의적인 해결책을 도출하는 방법이다. 스티브 잡스는 다음과 같이 말했다. "창의성은 다른 것들을 연결하는 것입니다."

셋째, 시각적인 도구나 그래픽 기법을 활용하면 좋다. 시각적인 표현은 아이디어를 더욱 명확하게 이해하고 시각화하여 다른 사람들과 공유할 수 있게 해준다. 생각을 그림으로 그릴 수 없다면, 그것을 이해하지 못한 것이다. 시각화야말로 명확성을 높여주는 데 제격이다.

아이디어 도출을 위해 우리는 문제의 인식과 목표 설정, 다양한 관점의 고려, 그룹 토론 및 협업, 시각화 등의 방법을 활용하여 혁신적인 아이디어를 찾고 구체화하는 것이 좋다. 이를 통해 기존의 한계를 극복하고 혁신적인 서비스나 제품을 개발할 수 있다.

문제를 명확하게 인식할 수 있는 방법

1. 문제의 정의

문제를 정확하게 정의하는 것은 문제 해결의 첫 단추다. 문제가 무엇인지, 어떤 영향을 주는지, 어떤 결과를 원하는지 등을 명확하게 이해해야 한다. 문제의 범위와 관련된 모든 요소를 고려하고 분석하는 것이 필요하다. 이는 어떠한 문제를 해결하는데 있어 단순성 또는 복잡성에 영향을 미칩니다. 특히 사업 모델의 사전 설립 단계에서 해결책을 찾기 전에 문제를 정의하는 데 시간을 할애하는 것이 중요하다.

2. 관찰과 조사

문제와 관련된 정보를 수집하고 조사해야 한다. 이를 통해 문제의 근본 원인을 파악하고 문제 영향 범위를 이해할 수 있다. 데이터, 통계, 전문가 의견 등을 활용하여 문제에 대한 근거를 확보하는 것이 좋다.

3. 다각도 분석

문제를 다각도로 분석하는 능력을 키우면 좋다. 다른 관점이나 각각의 이해관계자들의 의견을 듣고 고려하는 것이 필요하다. 이를 통해 문제를 더욱 다양하게 이해하고 해결 방안을 도출할 수 있다.

주례사의 끔찍한 법칙
3의 법칙을 아시나요

지난 주말이었다. 친하지도, 그렇다고 친하지 않지도 않은 지인의 결혼식에 쌍둥이와 함께 참석했다. 스물아홉 살의 신부는 역시나 예뻤고, 열 살이나 많은 신랑은 역시나 헤벌쭉 이었다. 개인적으로 이 결혼은 반대지만, 남의 가정사에 오지랖을 부리는 일은 더 반대라 연신 웃었다.

밥도 맛있었고, 사람도 그렇게 많지 않고, 쌍둥이도 얌전해서 아주 좋았다. 오랜만에 지인들도 볼 수 있어서 더 좋았다. 주례 선생님만 빼면 더할 나위 없이 완벽했다.

"에… 결혼 생활에서 가장 중요한 첫 번째는 신뢰입니다. 왜 서로가 신뢰해야 하느냐!"로 시작해서 일장연설을 늘어놓으신 주례 선생님. 들어보니 꽤나 성공한 기업가란다. 재혼을 두 번이나 해서 결혼 생활에서 가장 중요한 게 뭔지 누구보다 잘 안다나. 새로 시작하는 이 부부의 행복을 기원하는 의미에서 아주 좋은 말씀을 해주셨다. 아무도 듣지 않는 좋은 말씀을 말이다.

주례 선생님은 또 다른 중요한 이유인 배려에 대해서 설교하기 시작했다. 그렇게 또 시간은 속절도 없이 흐르고, 대망의 세 번째 이유가 나왔을 때 어디선가 탄식이 터져 나왔다. 요즘 세상에 누가 주례사를 15분이나, 그것도 세 개의 이유나 설명한단 말이냐.

크리스토퍼 부커에 의하면, 숫자 3에는 이분법으로는 설명할 수 없는 다양하고 풍부한 이야기의 힘이 담겨 있다. 예컨대 브루노 베텔하임에 의하면 아기돼지 삼 형제는 비슷한 내용의 이솝 우화 개미와 베짱이 보다 어린이들에게 더 큰 감동을 준다. 개미와 베짱이는 여름같이 좋은 시절에 인생을 즐기는 것이 나쁜 일이라고 가르치고 있으며, 더욱 큰 문제는 이 우화 속의 개미가 베짱이의 고통에 대해 일말의 동정심도 없는 비열한 인격의 소유자임에도 불구하고 어린이들이 본받아야 할 모범으로 제시되기 때문이다. 반면, 아기돼지 삼 형제 에는 숫자 3이 다양하게 다루어진다.

셋째 돼지는 집을 짓지만, 그 일이 노동인지 단지 놀이인지 구분할 필요조차 느끼지 않는다. 집을 짓는 최종의 이유도 혼자 잘 살기 위해서가 아니며, 그 집은 배타적인 것이 아니라 두 형이 곤경에 빠졌을 때 그들을 포용하는 결정적인 안식처의 역할로 등장한다. 이처럼 '숫자 3'이라는 요소는 인간 정신의 세 측면(초자아, 자아, 이드), 세계 구성의 세 측면(천, 지, 인), 변증법의 세 단계(정 - 반 - 합) 등을 상징함으로써 이야기에 재미를 준다. 크리스토퍼 부커는 이를 '3의 법칙(rule of three)'이라 명명했다.

3의 법칙은 다양한 곳에서 다양한 의미로 활용되는 심리학적 요소다. 신기하게도 주변에서 많이 발견할 수 있다. 알고 보면 재미있는 3의 법칙.

먼저 인터넷 마케팅에서 중요한 개념으로 사용되고 있다. 사용자 경험을 개선하고 성과를 극대화하기 위해 사용된다. 이 법칙은 사용자가 인터넷상에서 웹사이트를 방문할 때, 3초 내에 웹페이지가 로딩되어야 하며, 3번의 클릭 내에 필요한 정보에 도달할 수 있어야 한다는 원칙을 의미한다. 사용자는 웹페이지가 3초 이내에 로딩되지 않으면 창을 닫거나 다른 웹사이트로 이동하는 경향이 있고, 따라서 웹사이트 운영자는 최적화된 웹페이지 디자인과 빠른 서버 응답 시간을 유지하여 사용자가 웹페이지를 빠르게 로딩할 수 있도록 해야 한다.

또 세 사람이 모이면 집단이 형성되어 그 집단의 주장에 힘이 실림을 나타내는 현상을 말하기도 한다. 누군가 거짓말을 할 때, 처음 한 명이 할 때는 별 효력도 없다. 둘이서 하더라도 역시 효과는 크게 차이가 나지 않는다. 그러나 셋이서 할 때부터는 그 거짓말에 힘이 실리면서 사람들은 그게 정말일지도 모른다고 생각하기에 미신이나 혹세무민, 마녀사냥 등에 악용될 가능성이 있다.

이러한 '3의 법칙'을 잘 드러낸 사례가 있다. '사바이 단란주점 살인사건'에 대해 분석한 박지선 교수는 3인조 강도의 경우는 보통 1명의 주범이 있고 종범들이 존재한다고 한다. 그래도 최소 3명은 모여야 '리더'라고 부를만한 인물이 있는 조직처럼 느껴진다. 삼총사부터는 무리가 몰려다니는 것처럼 느껴지고 세명 중 우두머리를 리더라고 불러도 별로 어색하지 않으나, 덤 앤 더머는 무리라거나 둘 중 한 명을 리더라고 하기엔 다소 부족해 보인다. 부부간에 한 명이 리드한다고 해서 리더라고 하기엔 그렇고, 최소 두 사람은 이끌어야 무리의 리더처럼 보이게 된다.

수학의 '확률과 통계'에서도 3은 특별하다. 숫자를 2개만 가지고는 규칙성이나 패턴을 파악하기 어려우나 숫자 3개부터는 규칙성이나 패턴 등을 파악할 수 있는 최소한의 유의미한 개수이다. 예를 들어 '4, 8'만 가지고는 더하기 4인지, 곱하기 2인지 파악하기가 애매하나, '4, 8, 16'이라면 좀 더 가용 가능한 정보가 많아졌기에 패턴을 파악하기가 용이해진다. 또한 거듭제곱에서도 2로는 지수 탑을 쌓아봐야 2의 거듭제곱일 뿐인데 3으로 쌓으면 본격적으로 조금만 쌓아도 자릿수가 상상을 초월하게 된다. 복싱의 심판은 세명이다. 2대 1 '스플릿 디시전'으로 판정승하면 논란이 있으나, 3명 심판의 만장일치 패배는 대개 논란이 없다.

이처럼 3가지 이상의 아이디어나 근거를 제시하면 타당성과 설득력이 강화된다. 단일한 아이디어나 근거만 제시할 경우, 그에 대한 의문이나 반론이 쉽게 제기될 수 있지만 여러 개의 아이디어나 근거를 제시하면, 다양한 측면을 고려한 타당한 주장을 구성할 수 있으며, 이는 타인을 설득하는 데 도움이 된다. 또 단일한 아이디어나 근거만 제시하면, 그것이 일시적인 생각이나 주관적인 견해로 여겨질 수 있다. 하지만 여러 개의 아이디어나 근거를 제시하면, 그것들이 서로 보완하거나 상호 연관될 수 있으며, 이는 안정성과 신뢰성을 높여준다.

기억하자. 이제부터는 다양성과 창의성을 촉진하고 타당성과 설득력을 강화하며, 안정성과 신뢰성을 확보할 수 있는 '3의 법칙'을 활용해서 아이디어를 도출하고, 근거를 제시하면 좋다. 주례 선생님이 신랑 신부의 행복한 결혼 생활을 바랐던 것처럼.

시장 자료 조사 사이트 1

한국무역협회

한국정보통신기술협회

한국섬유산업연합회

한국클라우드산업협회

한국컴퓨팅산업협회

한국인터넷진흥원

한국은행 경제통계 시스템

통계청(국가통계포털)

대한민국전자 공시시스템

기술로드맵(중소기업기술정보시스템)

한국농촌경제연구원

국가환경산업기술정보시스템

한국콘텐츠산업진흥원

한국디자인진흥원

산업연구원

LG경제연구원

한국금융연구원

자본시장연구원

한국조세연구원

현대경제연구원

한국개발연구원

삼성경제연구소

한국은행경제연구원

대외경제정책연구원

포스코경영연구소

정보통신정책연구원

국제금융센터

에너지경제연구원

한국정보통신산업진흥원   한국산업개발연구원

산업기술R&D정보포털   하나금융경영연구소

한국경제연구원   국회예산정책처

KB금융지주경영연구소

시장 자료 조사 사이트 2

캐럿 MZ세대 마이크로 트렌드

오픈애즈 마케팅 큐레이션 플랫폼

바이트플러스 쉬운 비즈니스 지식

커피팟 해외 비즈니스 이슈 전달

뉴닉 쉽게 설명하는 시사 뉴스레터

까탈로그 디에디터가 까탈스럽게 고른 취향 뉴스레터

주말랭이 주말에 진심인 사람들이 모여 만든 주말 계획 콘텐츠

어피티 MZ세대를 위한 경제생활 미디어

From.21C(프리씨) 문화예술 공연 큐레이션 뉴스레터

위클리어스 한눈에 보는 주간 환경 이슈

좋은 글의 탄생
개.조.식

글쓰기나 보고서 작성법 강의를 가면 현장에서 이런 질문을 많이 받는다.

강사님, 이 글의 핵심이 뭔지 모르겠어요.
순서와 중요도를 설정하는 게 어려워요.

맞다. 글쓰기는 어렵다. 머릿속에 뒤엉켜 있는 생각들을 문자로 풀어내는 작업은 꽤나 힘들다. 보고서를 처음 써보는 신입사원은 더 어려울 것이다. 실제로 모 기업의 한 신입사원이 한 장의 보고서를 작성하는 데 열흘 넘게 걸렸다고 한다. 기업문서란 모름지기 수정의 연속이라고는 하나 열흘이나 걸렸다는 사실에 깜짝 놀랐던 기억이 있다.

보고서든 기획서든 자기소개서든 간에 모든 문서는 개조식으로 작성하는 게 좋다.

개조식이란 글을 쓸 때 앞에 번호를 붙여 가며 중요한 요점이나 단어를 나열하는 방식을 말한다. 이 방식은 번호 목록이라고도 불리며, 정보를 체계적으로 구성하고 시각적으로 강조하기 위해 사용된다. 무엇보다 독자가 쉽게 내용을 파악하고 중요한 부분을 빠르게 찾을 수 있게 돕는다. 각 항목을 간결하고 명확하게, 항목마다 하나의 중요한 요점이나 단어를 적어주면 좋다. 일관성과 직관성을 유지한 채 문장의 흐름을 이어가는 게 중요하다. 좋은 글은 이렇게 탄생한다.

생각도 마찬가지다. 의식의 흐름대로 생각하고 이야기하는 건 좋은 아이디어를 도출할 수 없다. 우리가 알고 있는 모든 정보를 체계적으로 구성하고, 그중 가장 중요한 것을 찾아내야 한다. 흔히 핵심 메시지, 키메시지라고 한다. 내 머릿속을 차지하고 있는 많은 생각 중 가장 핵심을 추려내고 그것을 강조하는 능력이 필요한 시점이다.

그렇게 찾아낸 키메세시 중 관련 없는 요소들을 연결하여 새로운 아이디어를 도출해 낼 수 있다. 서로 다른 분야나 개념을 결합하거나, 비슷하지 않은 아이디어를 조합하여 창의적인 해결책을 찾아낼 수 있을 것이다.

다시 말해 개조식으로 생각하기는 새로운 관점과 창의적인 사고를 통해 문제를 해결하거나 아이디어를 발전시키는 방법이라고 생각한다. 개조식으로 생각하다 보면 예기치 못하게 발생한 문제를 깔끔하게, 논리정연하게 해결할 수 있을 것이다.

Part 5

긍정적으로 생각하기

일체유심조(一切唯心造). 모든 것은 마음에 달렸다고 했다. 이는 우리의 생각, 태도, 그리고 마음가짐이 우리의 현실을 만들어낸다는 의미를 담고 있다. 이러한 관점에서 볼 때, 창의성 역시 마음의 산물이라 할 수 있다. 창의적인 사람이 창의적으로 생각하고 행동하는 건 어쩌면 당연하다는 의미다. 그런데 스스로 창의적이라고 생각하고 행동하다 보면 정말로 창의적인 사람이 되어가기도 한다. 창의적인 사고와 행동을 촉진하는 긍정적인 사이클에 들어서게 되기 때문이다. 자기 인식이 우리의 행동과 성과에 직접적인 영향을 미친다는 말이다.

다시 말해 어떠한 것이든 마음가짐이 가장 중요하다. 누가 '당신은 창의적인 사람입니까?'라고 묻는다면 이제부터는 무조건 'YES!'라고 하자. 긍정적인 자기 확언이 바로 사고의 전환으로 이어지는 첫걸음이 될 것이다.

포켓몬빵을 이긴 6세의 긍정적 사고
어린이도 이런데!

우리 집 쌍둥이 1호다. 지난 주말, 포켓몬빵을 사 먹겠다고 나선 게 화근이 됐다. 슈퍼 앞 가판대에서 두리번거리다가 뒤돌아서는 찰나에 지나가선 어르신과 부딪혔다. 1호는 꽈당 넘어졌고, 그 어르신은 넘어진 아이를 훌쩍 건너뛰더니 금세 사라졌다. 영문도 모른 채 넘어진 내 아들은 팔꿈치며 손바닥이 다 까지고 피가 났다.

그런데, 1호가 울지 않는다. 꽤 아플 것 같은데 괜찮다며 자리를 툴툴 털고 일어났다. 그러더니 이렇게 말하는 거다.

"엄마~ 다행이다. 팔이 부러진 게 아니라서. 팔이 부러졌으면 포켓몬빵도 못 먹었잖아"

순간 머리를 한 대 얻어맞은 것 같았다. 여섯 살 아이를 통해 세상을 배운다는 게 이런 건가 싶었다. 내 아들은 누가 가르쳐준 것도 아닌데, 스스로 긍정적인 사고를 키우고 있었다. 넘어져서 아프지 않은 게 아닌데도, 더 크게 다치지 않아서 다행이라고 여기는 이 구역 '무한 긍정왕'이지 않나. 참으로 자랑스럽다.

요즘 사람들은 긍정적으로 생각하기에 앞서 부정적으로 생각한다. '될 것'을 기대하는 게 아니라 '안 될 것'을 염려한다. '안 될 것' 같아서 지레 겁을 먹고, 애초에 시도조차 하지 않는다. 시도하지 않아서 안 되는 건데도 말이다. 어떤 사람은 물이 반 밖에 없다고 말하는가 하면, 어떤 사람은 물이 반이나 있다고 말한다.

긍정적 사고는 심리학과 철학에서 상당한 주목을 받아온 강력한 정신 태도다. 다양한 이론적 틀에 뿌리를 두고 있는데, 숱한 이론들을 종합해 본 결과 긍정적으로 생각하면 행복한 삶을 영위할 수 있다. 건설적이고 낙관적인 사고는 회복력을 높이고, 이는 결국 관계를 개선시키며, 결과적으로 삶의 질을 향상시킨다. 긍정심리학을 창시한 마틴 셀리그만은 행복의 구성 요소를 '긍정적 감정' '몰입' '의미'라고 정의했다. 다시 말해 행복하려면 긍정적으로 생각하면 된다.

이러한 철학은 동양에도 있었다. '마음 챙김'이 긍정적 사고의 이론적 토대에 기여한다고 볼 수 있다. 불교 전통에 뿌리를 둔 마음 챙김은 인간이 현재 순간에 온전히 집중하고 자신을 있는 그대로 받아들일 수 있도록 격려한다. 인식과 비반응적 태도를 촉진해 정서적 안정과 긍정적 사고를 향상시킨다.

긍정적 정서가 지능 및 창의적 성향과 어떠한 관계가 있는지는 많은 학자들이 끊임없이 연구해왔다. 우리나라에도 연구한 결과가 있다. 부산광역시와 대전광역시의 중학생 247명을 대상으로 한 실험에서 긍정적인 정서가 지능 및 창의적 성향과 연관성을 지닌다는 것을 확인했다. 특히, 사고전략이나 행동특성에서 창의적인 특성을 보이는 학생들이 긍정적인 정서를 지니는 경향성이 있는 것으로 드러났다. 이 둘의 연관성을 알아보기 위해 실시한 추가 연구에서는 긍정적인 정서를 지닌 학생들이 상상력을 통해 창의적인 과제의 성취를 이루려는 경향이 있음을 확인했다.

긍정적으로 생각할 수 있는 방법은 몇 가지가 있는데, 대표적인 몇 가지를 소개해보려고 한다. 그중에서도 가장 중요한 건 자신과의 대화다. 예를 들면 "나는 실패했다" 대신 "다음에 더 잘할 수 있을 것이다"라고 생각을 전환하는 것이다. 다시 말해 부정적인 사고를 긍정적으로 바꾸려는 끊임없는 자기 암시가 필요하다.

매일 감사 일기를 쓰는 것은 긍정적 사고를 강화하는데 도움이 된다. 실제로 가까운 지인이 매일 감사 일기를 쓰고 있는데, 표정부터 달라졌다. 왜 때문인지는 모르겠으나 피부도 맑고 투명해졌다. 아마도 웃고 있는 인상 때문에 그렇게 보이는 게 아닐까. 하루 동안 겪은 긍정적인 경험과 느낌, 감사한 사람들을 적어봄으로써 스스로에게서 긍정 에너지를 만들어낼 수 있다.

긍정적인 친구나 동료와 교류하면 자신도 긍정적인 마음가짐을 유지하기가 더 쉬워진다. 부정적인 사람들과의 교류는 나를 부정적으로 만들고, 긍정적인 사람과의 교류는 나를 긍정적으로 만든다. 끼리끼리는 과학이고, 유유상종은 사이언스라는 사실을 잊지 말자.

학자들은 이외에도 다양한 방법을 제시한다. 명상, 운동, 취미 생활 등 다양한 방법으로 자신만의 긍정 에너지를 높일 수 있다고 말한다. 뭔들 어떠랴. 어떤 방법이든 좋다. 긍정적인 사고를 강화하고 일상생활에 적용함으로써 더 행복하고 만족스러운 삶을 누릴 수 있기를! 내 아들처럼.

긍정적인 사고는 수시로 연습하는 게 가장 중요하다. 꾸준히, 그리고 지속적으로 연습하다보면 자기도 모르는 사이에 상당히 긍정적인 사람이 되어 있을 것이다. 당신이라면 아래와 같은 상황에서 어떻게 긍정적으로 생각하겠는가. 잠시 눈을 감은 채 고민해보자.

비가 너무 많이 내린다. 사흘째 비가 와서 몸과 마음도 우중충하다.
▶

앞에 앉은 사람과 대화가 안된다. 벽에다가 이야기하고 있는 느낌이다.
▶

아침부터 밤까지 한끼도 못 먹었다. 배가 너무 고프다.
▶

일이 너무 많아서 스트레스 받는다.
▶

시간에게도 시간이 필요하다
긍정회로가 돌아갈 것이다

나는 올해 결혼 10년 차다. 혹자는 '한 사람과 어떻게 10년을 사느냐'고 물을 수도 있겠다. 그렇다. 나와 완전히 다른 생명체와 10년을 함께 산다는 건 수행의 연속이다. 쌍둥이를 낳고 엉망이 된 몸뚱이도, 육아를 위해 커리어를 포기하게 된 것도, 친정 엄마가 황혼 육아에 몰두하게 된 것도, 모두 다 남편 때문인 것 같았던 적이 있었다.

힘들어하던 나에게 구례 화엄사의 주지스님을 뵐 기회가 주어졌다. 스님과의 첫 만남. 무슨 말을 어떻게 꺼내야 할지 몰라 쭈뼛쭈뼛하고 있었다. 그런 내 모습이 귀여우셨는지, 살짝 미소 지어 보이시던 덕문스님은 내게 '억울해하지 말라'고 말씀하셨다. 세상

모든 사람들이 비슷한 삶을 살고 있으니 '왜 나만 이래?' 하는 억울한 마음을 갖지 말라는 뜻이었다.

스님의 말씀은 결국 인류는 보편성을 띠고 있어 다 비슷하니 긍정적인 사고로 마음을 챙기라는 의미였다. 다 알고 있는 이 진리를 받아들이는 게 그때는 왜 그렇게 힘들었었는지. 그날 이후 나는 시간에게도 시간을 주기로 했다.

사실 긍정심리학이 심리학의 메인 테마로 떠오른 건 10년이 채 되지 않는다. 심리학자들은 그동안의 심리학이 인간의 부정적인 측면에만 지나치게 초점을 맞추어 온 것에 대한 반성으로 향후 심리학이 나아가야 할 새로운 방향과 입장을 긍정심리학으로 제시했다. 긍정심리학자들은 긍정심리가 하는 역할이 있고, 부정심리가 수행하는 역할이 있다고 말했다. 그리고 자신을 긍정적으로 인식하는 것은 건강과 적응을 촉진하므로(Taylor&Brown,1988)사회에 대한 긍정적인 태도도 촉진될 수 있다고 보았다.

학자들이 말하는 긍정심리학의 목표는 뚜렷하다. 인간이 자신의 문제나 결함, 약점 등을 잘 다루고 극복함으로써 삶을 조금 더 유연하게 만들 수 있게 돕는다. 다시 말해 행복 증진이다. 자기 자신과 세상에 대한 긍정적인 태도는 아이디어 도출에 있어서 아주 특별한 결과를 촉진한다.

긍정적인 사고는 제약이나 부정적인 사고 패턴에 얽매이지 않고 자유로운 아이디어를 생각할 수 있는 환경을 조성한다. 불가능보다 가능성을 강조하고 실패를 포용하는 태도를 가지기 때문에, 사고의 폭과 다양성이 넓어질 수 있다. 이는 창의적인 사고가 고무되어 다양한 관점에서 새로운 아이디어가 솟아날 수 있도록 돕는다.

긍정적인 사고를 갖춘 개인은 다른 사람의 아이디어와 의견을 존중하고 수용하는 경향이 강하다. 그래서 효과적인 협업과 팀워크를 가능하게 하며, 아이디어를 공유하고 발전시키는 데 도움을 준다. 팀 구성원들이 긍정적인 사고를 가지고 있다면, 서로를 격려하고 동기부여하는 환경을 조성할 수 있다. 이는 아이디어 도출의 생산성과 품질을 향상시킨다.

다시 말해 긍정적인 사고는 마음을 따뜻하게 만들어주고, 아이디어에 활력을 불어넣어 준다. 불가능을 뛰어넘는 가능성을 믿으며, 실패를 통해 성장하는 자세를 갖추는 것이 중요하다. 우리는 이러한 긍정적인 사고를 기르고, 아이디어의 풍요로운 정원에서 향기로운 꽃들을 피워나갈 수 있다.

주변을 둘러보자. 잘 웃는 사람, 예쁜 말만 하는 사람이 일도 잘 하지 않나. 당신이라고 못 할 거 없다. 왠만하면 웃고, 왠만하면 좋은 말만 하자. 좋은 사람, 일 잘 하는 사람으로 기억되서 나쁠 건 없으니까 말이다.

모 아니면 걸

극단적인 생각은 옳지 않다

주변에 이런 사람이 꼭 한 명은 있을 것이다. 모 아니면 도를 외치는 사람. 못 먹어도 고!를 외치는 사람 말이다. 그런 사람을 비난할 의도는 아니지만 왜 모가 아니면 도여야 하고, 못 먹을 건데 가야 하는지 도통 모르겠다. 너무 극단적인 생각이지 않나.

과거의 내가 딱 그랬다.

물을 마실 때도 이가 시리도록 얼음이 왕창 들어간 얼음물 아니면 손을 데일 정도로 뜨거운 물을 선택했다. 옷도 눈에 튀는 아주 밝은 색이 아니면 우중충한 흑회색을 골랐다. 화장을 한 날과 안 한 날은 완전히 다른 사람이었다. 그리고 보면 나는 아주 극단적인 삶을 살았던 것 같다. 오죽하면 친구들이 나더러 '이극단'이라고 불렀을까.

어떠한 문제가 발생했을 때 극단적인 생각은 그 문제를 해결할 수 있는 힘을 잃는다. 극단적인 생각은 문제를 볼 때 편협한 시각과 태도를 갖게 되고, 그래서 주변 사람들과 일을 객관적으로 평가하지 못하기도 한다. 실수나 오해가 발생하는 결정적 이유다.

조언한다. 극단적인 생각에서 벗어나길 바란다. 감정적으로 일을 처리하기보다 감성적으로 처리하기를 바란다. 다른 사람들의 소중한 의견에도 귀를 기울여 객관적인 시각을 확보하기를 바란다.

심리학에서는 극단적인 사고를 두고 이분법적 사고라고 말한다. 몇몇 연구를 통해 이분법적 사고가 사회적 상황의 평가를 극단적으로 만든다는 사실을 발견했고, 개인이 경험하는 부정/긍정 정서가 이분법적 사고에 의해 증폭될 수 있다고 주장하고 있다.

실제로 다양한 해석과 이해가 필요한 문제임에도 이분법적 사고는 이러한 문제를 단순히 '나쁜' 것 또는 '좋은' 것으로 생각하게 만든다. 당연히 폭이 좁고 부적응적인 시각을 갖게 될 것이다.

그리고 개인이 자신과 타인 그리고 세상을 해석하는 관점을 양분화하는 결과를 초래한다.

우리는 하늘이 무너져도 솟아날 구멍은 있다'는 속담을 명심해야 한다. 위기와 재난도 결국 다 지나갈 거니까 크게 상심하지 말고 빛을 찾아 나아가면 된다는 의미다. 반대로 좋은 일이 생기거나 큰 이익을 얻었을 때도 자만하지 말고 침착해야 한다. 좋은 기분으로 들떠 있을 때 사고가 발생하기 마련이기 때문이다.

문제의 본질을 꿰뚫어 볼 줄 아는 사람만이 위기를 기회로 바꿀 수 있고, 준비된 사람만이 그 기회를 잡을 수 있다.

이분법적 사고의 형성

　인지행동주의 이론에서는 이분법적 사고가 성인기 이전의 부정적인 학습경험으로부터 만들어진다고 말한다. 아동기와 청소년기에 부모와 주변 환경의 다양한 반응으로부터 유연한 정보처리 과정을 발달시켜야 하는데 이 시기에 폭넓은 반응양식을 얻지 못한 사람은 이분법적 사고가 고착화될 수 있다는 지적이다. 즉 부모의 모호하고 복잡한 요구에 대해 반응하지 못하게 되며, 결과적으로는 다양한 환경과 상호작용하는 데 어려움을 겪게 된다. 이분법적 사고를 가지고 있는 사람은 주변 환경에서 받아들이는 정보를 이분화하여 나누는 경향이 있으며, 그로 인해 우울, 불안 등의 정서적 문제를 가질 수 있다고 지적하고 있다.

쓸데없는 생각은 쓸데없다
부정적인 생각을 버리는 연습

불편한 관계가 생겼다. 꽤 좋아했고, 믿었던 동생이 언제부턴가 나에게 거리를 두는 것 같다고 느끼게 되면서 나 역시 마음이 불편해졌다. 우리가 함께 활동하는 모임에도 참석하고 싶지가 않아서 이런저런 핑계를 대고 빠졌다. 마음이 불편해지자 행동도 어색해졌다. 그녀에게 전화하는 게 꺼려졌고, 어쩌다 걸려오는 전화도 피하게 됐다. 그리고 별별 생각으로 이어졌다.

'그 친구가 나를 싫어하나?'
'나 말고 다른 좋은 언니가 생겼나?'
'다음에 만나면 무슨 이야기부터 하지?'

거참, 쓸데없는 생각이다. 아무도 알아주지 않는, 그렇다고 누구에게 말하기도 우스운 생각을 하는 내 모습이 되게 비루했다. 그런데 놀랍게도 몇 줄 되지 않는 이 생각이 내 삶을 지배하고 있는 게 아닌가. 울적해졌고, 머리가 아팠고, 입맛도 없어졌다. 그 동생이 나를 어떻게 생각하건, 나에 대해 무슨 말을 하고 다니건, 내 인생이 달라지는 건 하나도 없는데도 말이다.

쓸데없는 생각을 깨닫는 힘을 불교에서는 '염력'이라고 부른다. '염(念)'이란, 알아차리는 능력, 즉 '의식의 센서'다. 이 센서가 민감하면 민감할수록 아주 작은 변화까지도 알아차릴 수 있다. 다시 말해 긍정적인 생각의 강도를 높이면 긍정적 사고가 발달하고, 실감의 강도를 높이다 보면 잡념은 사라진다.

그렇다면 부정적인 생각은 어떻게 버릴 수 있을까.

대개의 사람들은 부정적인 생각이 들면 불평하거나 분노한다. 다른 한편으로는 외면하거나 참으면서 자신의 감정을 억압한다. 결론부터 말하면 둘 다 옳지 않다.

자신의 감정을 찬찬히 '응시'하기를 바란다. 지금 화가 나는 건 마음이 만들어내는 단순한 생각일 뿐이라는 걸 인식할 수 있을 것이다. 자기감정을 있는 그대로 들여다보고 그것을 그대로 받아들이는 게 부정적인 사고에서 벗어날 수 있는 지름길이다. 그러면 마음속을 어지럽히는 쓸데없는 생각을 버릴 수 있을 것이다.

중요한 것은 실패하든 좌절하든 간에 자신이 그것으로부터 무언가를 얻어내는 것이다. 경험보다 비싼 교육은 없으며, 경험에서 나오는 내공과 노하우가 가진 힘은 가히 어마어마하다. 나보다 엄마가, 엄마보다 할머니가 더 지혜로운 건 어쩌면 당연하다.

그러니까 어떤 일이 실패한다고 해서 비관하지 말자. 불운에 지면 안된다. 낙관적인 생각으로 도전하고, 긍정적인 생각으로 또 도전해야 한다. 하늘은 결국 우리 편이다.

사교적인 사람이 일도 잘한다
친친친친화력의 중요성

긍정적이고 사교적인 사람들이 일터에서 더 성공적이라는 이야기를 들어본 적이 있을 것이다. 이러한 인물들은 팀워크를 촉진하고, 업무 환경을 개선하며, 동료들과의 관계를 강화하는 데 기여한다고 알려져 있다.

실제로 지난 13년 동안 기자 생활을 통해 만난 긍정적인 사람들은 자신감, 긍정적 에너지, 그리고 업무에 집중할 수 있는 능력을 가지고 있었다. 긍정적인 사람들은 대체로 친화력이 좋고, 자신감이 있었으며, 이를 바탕으로 성과를 낸다. 그것도 꾸준히.

긍정적인 사람을 싫어하는 사람이 있을까. 아마 누구나에게 인기가 많을 것이다. 자연스럽게 사교적인 인생을 살 것이다. 사교적인 사람들은 새로운 환경에 잘 적응하고, 다양한 사람들과 효과적으로 소통할 수 있는 능력을 가지고 있다. 이는 업무의 다양한 상황에서 유연하게 대처할 수 있게 해줄 것이다.

다시 말해서 긍정적이고 사교적인 사람들은 그러한 자신의 에너지를 바탕으로 업무에 집중하며, 친화력과 적응력을 통해 팀워크와 협업을 촉진한다. 그리고 자신의 역량을 발휘해 업무 성과를 높이는 데 중요한 역할을 할 것이다.

이러한 나의 주장을 뒷받침해주는 연구 결과가 있다. 한 연구에서 대인관계가 원만하고 사교적이며 활동적인 개인일수록 조직 내에서 조직의 이익을 위하여 혁신적으로 업무 행동을 하는 것으로 나타났다. 외향적인 사람들은 다른 사람에 비해 긍정적인 감정이나 개인적인 상호작용을 더 잘 느낀다고 한다. 따라서 조직 내에서 혁신적인 업무 행동이 필요한 직무나 부서의 경우 조직 구성원 중 다른 사람에 비해 긍정적인 감정이나 개인적인 상호작용을 느끼는 직원을 배치해야 할 것이다.

창의력은 혁신적인 업무 행동에 긍정적인 영향을 미치는 것으로 나타났다. 이는 개인의 전문적인 지식과 창의적인 사고로 새롭고 유용한 해결방안 및 아이디어를 산출하는 개인일수록 조직 내에서 조직의 이익을 위하여 새로운 아이디어를 의도적으로 생성, 도입 및 적용하려는 행동을 하려는 경향을 보인다고 할 수 있다. 따라서 혁신적인 업무 행동이 요구되는 직무에는 창의적인 성향의 직원을 배치한다면 직원의 직무 성과 또한 높여줄 수 있을 것이다.

이는 편안하고 조화로운 대인관계를 가지고 다른 사람들과 어우러져 잘 지내는 개인일수록 조직 내에서 개인의 창의적인 사고를 통하여 새롭고 유용한 해결방안이나 아이디어를 산출하는 능력이 높다는 것을 의미한다. 다른 사람들과 편안하고 조화로운 대인관계를 가지고 타인과 잘 어우러져 지내는 사람은 조직 내에서 타인의 눈치를 보거나 위축되지 않으며 더 활발하게 창의적인 사고를 하는 경향이 있다는 말이다.

그러니까, 생각을 많이 해야 하는 직업일수록 친화력이 높은 인재를 영입해야 한다.

친화력을 높이는 소통 스킬

1. 적극적인 청취

상대방이 이야기할 때 집중하여 경청하는 것이 중요하다. 눈을 마주치고 몸을 돌리지 않고, 표정과 제스처로 상대방의 이야기에 관심을 표현해야 한다. 이를 통해 상대방은 자신의 의견이 존중받고 소통이 원활해질 것이다.

2. 비언어적 의사소통

말로만 의사소통하는 것이 아니라 비언어적인 요소도 활용해야 한다. 웃음, 손짓, 몸의 움직임 등을 통해 상대방과의 연결을 강화할 수 있다. 상황에 맞게 적절한 비언어적 의사소통 방법을 선택하는 게 좋다.

3. 명확하고 간결한 표현

복잡하거나 모호한 표현은 오해를 낳을 수 있다. 따라서 간결하면서도 명확한 언어를 사용하여 의사를 전달해야 한다. 필요한 정보를 정확하고 간결하게 전달함으로써 상대방의 이해를 돕고 소통의 효율성을 높일 수 있다.

4. 공감과 이해

상대방의 감정과 상황을 이해하려고 노력하자. 공감은 상대방과의 감정적인 연결을 형성하고, 상대방이 자신을 이해받는다는 느낌을 주어 소통을 원활하게 만든다. 적극적으로 공감을 표현하고 상대방을 이해하는 자세를 갖는 것이 중요하다.

실패할 용기

언제든지 실패하라

"가장 바꾸기 쉬우면서도 우리 삶에 강력한 영향을 미치는 것은 무엇일까? 그것은 나의 생각을 바꾸는 것이다. 나의 생각은 나의 판단과 의지로 선택할 수 있는 것이기 때문이다. 어떤 사람에 대한 생각을 바꾸면 그에 대한 감정과 행동이 달라진다. 나의 행동이 달라지면 다른 사람의 생각과 행동도 달라질 수 있다. 삶을 더 행복하게 변화시키는 일은 나의 생각을 바꾸는 데서 시작한다"

서울대 심리학과 권석만 교수가 남긴 말이다. 삶을 더 행복하게 변화시키는 일은 나의 생각을 바꾸는 데서 시작된다. 이는 단순히 긍정적으로 생각하라는 말 이상의 의미를 담고 있다. 우리의 생각이 우리의 현실을 인식하고 받아드리는 데 강력한 영향을 미친다는 뜻이다.

예를 들어, 취업, 인간관계, 결혼 등 끊임없이 직면해야 하는 도전에 대해 생각해보자. 때때로 압도적일 것이다. 혹자에게는 견디기 어려운 부담감일 수도 있다. 포기하는 사람도 있다. 그래서 생겨난 신조어가 '8포세대' '9포세대'다. 그렇다면 당신은 모든 것을 포기한 채 살 거냐고 묻고 싶다.

실패내성은 어떤 상황에서도 실패에 굴복하지 않고, 다시 일어서서 도전하는 능력을 말한다. 실패내성을 갖춘 사람들은 실패를 통해 배우고 성장하며, 그 경험을 통해 더 나은 결과를 이루어낸다. 이는 성공을 향한 긍정적인 자세를 유지하고, 어려움을 극복하는 데 중요한 역할을한다. 실패내성을 갖춘 사람들은 어려움을 만날 때마다 자신을 돌아보고, 어떻게 하면 더 나은 결과를 이뤄낼 수 있는지를 고민한다.

다른 이론도 있다. 건설적 실패는 실패를 부정적으로만 바라보는 것이 아니라, 실패로부터 교훈을 얻고, 더 나은 방향으로 나아가는 것을 말한다. 건설적 실패는 실패를 부정적인 경험이 아닌, 성장의 기회로 여기고, 그로부터 배우며 발전하는 것을 의미한다.

이를 통해 우리는 실패를 두려워하지 않고 새로운 시도에 도전할 수 있으며, 지속적인 성장과 발전을 이룰 수 있을 것이다.

뻔한 이야기지만 우리는 실패를 두려워하지 않고 도전하는 자세로 살아야 한다. 실패는 성공으로 가는 길에 있어 필수적인 디딤돌이라는 사실은 굳이 설명하지 않아도 알 것이다. 실패한 후 좌절하지 않고 일어나는 자세도 중요하지만 그보다 더 강조하고 싶은 게 있다.

실패하는 건 당연하고, 좌절할 필요도 없다. 당신만 실패하는 것도 아니다. 모두의 인생에 실패가 있다. 그러니까 실패한 스스로에게 자비를 베풀어보자.

실패… 피할 수 없다면 받아들여야한다. 어차피 해야 한다면 그것을 기회로 만드는 것도 방법이다. 컴맹인 내가 SNS를 배우고, AI를 배우는 것도 같은 이치다. 나는 SNS로 강의 기회를 만들고, AI로 출간의 기회를 잡고 있다. 당신도 할 수 있다. 내가 했다면 당신은 더 잘 할 것이다.

힘들었다. 낮에는 일을 했고, 저녁에는 육아를 했고, 밤에는 원고를 썼다. 아이들을 재우고 늦은 밤에나 노트북을 켤 수 있는 신세를 한탄하면서 부어 마신 맥주가 글쎄, 족히 한트럭은 될 것 같다. 나의 원고는 그렇게 맥주와 함께 살쪄갔다.

자랑스러운 엄마가 되기 위해 그토록 애썼나보다. 이런 나의 욕망을 말없이 지켜봐준 남편에게 감사하다. 묵묵히 응원해준 가족과 친구들도 참 고맙다. 주저없이 책을 사겠다고 해준 동료들, 이미 몇번은 서점에 가보았다며 나보다 더 기대하고 있는 선후배들, 진심으로 감사하다는 말을 전하고 싶다. 새로운 길을 걸을 때마다 지지해주는 사람이 있다는 건 꽤 기분 좋은 일이다. 그러고 보니 나란 사람 꽤 인복이 많다. 고맙다. 내가 더 잘하겠다.

새로운 생각이 지구를, 우주를, 세상을 바꿀 거라는 생각은 착각이다. 우리가 펼쳐내는 아이디어는 그저 흩뿌려지는 조각에 불과하다. 망상에 가까운 쓸데없는 생각일 수도 있고, 이미 누군가 시도했다가 실패한 전력이 있을 수도 있다.

그러나 분명한 건 어떠한 생각이건 자신의 인생을 바꿀 수 있는 충분한 힘이 있다는 것이다. 무슨 생각을 하든간에 스스로를 바꿀 가치가 담겨있을 것이다. 그 생각 속에 숨은 의미를 찾는 건 당신의 몫이다. 여기까지 읽은 당신은 아이디어를 제안하고, 그 아이디어를 구체화할 수 있는 메커니즘을 알게 됐다. 이것만으로도 희망이 보이지 않는가.

파도가 무서워 닻을 올리지 않는다면 배는 바다를 항해할 수 없다. 더 나은 아이디어를, 더 좋은 아이디어를 도출하기 위해서는 생각의 닻을 올려야 한다. 생각이 제멋대로 달리도록 두지 말자. 다시 말하지만 아는 것보다 중요한 건 하는 것이다.

참고문헌

- 생각3.0, 노경원, 위너스북

- 나는 왜 똑같은 생각만 할까, 데이비드 니븐, 정미경 옮김, 부키

- 아이디어를 현실로 만드는 기획력, 기시모토 타쿠야, 이주희 옮김, 블랙피쉬

- 괜찮겠지라는 생각이 회사를 망친다, 기시라 유지, 김은숙 옮김, KSAM

- 생각의 힘, 이나모리 가즈오, 양준호 옮김, 한국경제신문

- 새로운 생각은 어떻게 나를 바꾸는가, 모니가 H 강, 정영은 옮김, 교보문고

- 6가지 생각의 기술, 김영식, 베이직북스

- 교과서에 나오지 않는 발칙한 생각들, 공규택, 우리학교

- 생각 버리기 연습 , 코이케 류노스케, 유윤한 옮김, 21세기북스

- 일생동안 꼭 피해야 할 17가지 생각의 함정, 샤오유에, 이예원 옮김, 씽크뱅크

- 브루노 베텔하임(김옥순·주옥 역), 「옛이야기의 매력」 1, 시공주니어, 1998, 72~74쪽.

- Christopher Booker, The Seven Basic Plots : Why We Tell Stories, Continuum, 2006, pp. 229~23

- 개인의 성격과 창의력이 혁신적인 업무행동과 직무 성과에 미치는 영향에 대한 연구 : 혁신형 중소기업 종사자를 대상으로 (중앙대학교 대학원 경영학과 경영정보시스템 전공 박 은 주 2020년 8월

- 중학생의 긍정적 정서, 부정적 정서, 지능, 창의적 성향 간의 관계 분석, 조선희·김미영 KAIST 과학영재교육연구원

- 전경숙. (2023). 마음챙김 기반 프로그램이 상담자의 마음챙김, 자기수용, 자기성찰에 미치는 영향 :프로그램 유형별(요가 · 명상 · 혼합 프로그램)효과를 중심으로. 한국명상학회지, 13(1), 21-42.

- 송명구. (2023). 기업의 혁신 활동을 활용한 산업 간 경계 변화 분석. 산업연구원.

- '지식의 저주'에 빠지지 않기 위한 소통법 - 매거진한경 https://magazine. hankyung.com/business/article/201911263038b

- 정다훈 and 고미애. (2023). 맛집에 대한 유튜브 마케팅이 행동의도에 미치는 영향: 유튜버 신뢰성의 조절효과를 중심으로. 산업혁신연구, 39(2), 151-160.

- Benowitz-Fredericks, Garcia, Massey, Vasagar, & Borzekowski, 2012; Hammond & Romney, 1995

- https://scourt.go.kr/portal/gongbo/PeoplePopupView.work?gubun=42&sDate=202201&seqNum=2814

- McManus, I. C.; Freegard, Matthew; Moore, James; Rawles, Richard (2010). "Science in the Making: Right Hand, Left Hand. II: The duck-rabbit figure"

- 안혜경,and 이시훈. "역할모호성과 역할과다가 조직갈등의 정도에 미치는 영향 : 커뮤니케이션 능력의 조절효과를 중심으로." 한국소통학보 21.2 (2022): 203-239.

- 김만수, 왕치현 and 강수환. (2019). 영화 〈설국열차〉와 이분법 너머의 상상력 - 3의 법칙과 놀이의 힘 -. 한국학연구, 53, 165-189.

창의력 테스트 정답

1 정답 : 선물

2 정답 : 가오리

3 정답 :
오리로 보이는 사람은 어떠한 현상에 집중하는 사람
토끼로 보이는 사람은 그 이면을 중요시하는 사람

4

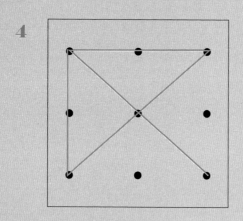

5 두꺼운 연필로 한 번에 그을 수도 있다.

두 배로 씽킹

초판인쇄	2024년 5월 1일
초판발행	2024년 5월 7일
지은이	이예지
발행인	조현수 조용재
펴낸곳	도서출판 더로드
기획	조용재
마케팅	최문섭
편집	이승득
디자인	호기심고양이
본사	경기도 파주시 광인사길 68. 201-4호
물류센터	경기도 파주시 산남동 693-1
전화	031-942-5364, 5366
팩스	031-942-5368
이메일	provence70@naver.com
등록번호	제2015-000135호
등록	2015년 06월 18일

정가 17.000원
ISBN 979-11-6338-454-0 03810